KEITAI
SHOUSETSU
BUNKO
野いちご SINCE 2009

友達の彼氏だと思ってた同級生は、私を溺愛する最強総長さまでした。
～ONE　史上最強の暴走族～

中 小 路 か ほ

JN020461

● ST⊿RTS
スターツ出版株式会社

イラスト／奈院ゆりえ

「なにがあっても愛し抜く」

わたしの頭の中に響く、
──その言葉。
……だけど。
いつ、どこで、
だれが言ってくれたのかは……わからない。

記憶を失くした絶世の美少女
向坂慈美
×
『ユナ』という幻の姫を想い続ける、最強総長
一之瀬彪雅

わたしは、なにか──。
大切ななにかを忘れてしまっている気がする。

友達の彼氏だと思ってた同級生は、私を溺愛する最強総長さまでした。

〜ONE 史上最強の暴走族〜

登場人物

向坂 慈美
こうさか いつみ

目立つのが苦手な高2女子。交通事故で記憶の一部を失ってしまったけれど、前向きに学校生活を送ろうと頑張っている。

一之瀬 彪雅
いちのせ ひゅうが

慈美と席が隣で、女子を寄せ付けないオーラを放つイケメン。最強の暴走族・ONEの総長で、ずっと探している大切な人がいて…?

万里
ばんり

事故で入院中の慈美を見守っていた、自称・慈美の彼氏。一見優しいけれど、危険で怪しい裏の顔もあって…。

榎本 由奈
えのもと ゆな

慈美の中学時代からの親友で、なんでも気軽に話せる唯一の存在。黒髪美人で、明るく楽観的なタイプ。

慶
けい

ONEの副総長。紳士的で穏やかな性格に見えるが、彪雅の次に喧嘩が強い。彪雅の大切な人を探すため、協力している。

☆

c o n t e n t s

友達の彼氏だと思ってた同級生は、
私を溺愛する最強総長さまでした。
～ＯＮＥ　史上最強の暴走族～

失くした記憶

　どこもかしこも真っ暗な世界。

　そんな場所に、わたしは1人ぽつんと立っていた。

　まるで、足元から闇に飲み込まれてしまいそうだ。

　不安と恐怖にかられる、わたし。

　だけど、そのとき頭の中に響いた──ある言葉。

『なにがあっても愛し抜く』

　なんだか落ち着く低い声。

　揺るがない想いのこもった声のトーン。

　わたし、──知ってる。

　この人のことを、知っている。

　……でも、……だれ。

　大切な人のはずなのに……。

　顔に、もやがかかったように思い出せないよ。

　あなたは……一体。

　だれ……？

　ハッとして、目を覚ます。

　わたしの視界には、真っ白な天井と、なにかをつかもう

とするかのように伸ばした右手が映っていた。

　なんだか……頭がぼうっとする。

　まるで、終わりのない長い長い夢を見ていたような感覚

だ。

　ふと違和感を覚えて目元に手をやると、指にしずくがついた。

　――涙だ。

　どうやらわたしは、夢を見ながら涙を流していたようだ。

　ゆっくりと体を起こすと、わたしは見知らぬ部屋にいることに気づいた。

　窓から流れ込むそよ風になびく、白いカーテン。

　わたしの体を包み込む、柔らかい布団。

　もしかして、ここは……。

　病室……？

　……でもわたし、どうしてこんなところに――。

　体がだるくて、頭がぼうっとして……。

　まだ夢の中にいるような。

　すぐそばの棚にあった鏡に映っているのは、虚ろな目をした私の顔。

　……そのとき、病室のドアが開いた。

「慈美……？　目を覚ましたのか!?」

　ドアが開く音とともに、そんな声が聞こえて、わたしは驚いて思わず体をこわばらせる。

　そこに立っていたのは、銀髪の男の人。

　わたしの顔を見るなり、長い前髪をかき上げて、目を丸くしてわたしのことを凝視する。

「……よかった！　本当によかった!!」

　そして、駆け寄って来るなり、わたしの体を抱きしめる。

　抱きしめる力が強すぎて、痛いくらいだ。

　この人は、わたしが目覚めたことをすごく喜んでくれている。

　それは、わかるのだけれど……。

「あ……あの。だれ……ですか？」

　……わたし、この人のことを知らない。

　すると、その男の人はキョトンとした顔でわたしを見つめた。

「……慈美。もしかして……、覚えてないのか？」

「え……？　覚えてないって……？」

　なにがなんだか……さっぱりわからない。

　それから、わたしの部屋に白衣をまとった先生がやって来て、わたしの容態を診てくれた。

　幸い、体調は特に問題はないという。

　──しかし、その後の検査の結果……。

「……記憶喪失？」

　先生から告げられた言葉を、わたしはオウム返しのように疑問形でつぶやいていた。

　記憶喪失って……、よくドラマやマンガである設定だよね？

　だけど、このわたしが──。

　記憶喪失……？

　突拍子もないその言葉に、わたしは驚くことも悲しむこともできない。

　だって、……そんなはずない。

　なぜなら、わたしは自分の名前も年齢も言える。

　わたしに関する質問には答えられる。

　なのに、どこが……記憶喪失だって言うの？

「向坂さん。あなた、事故当時のことは覚えていますか？」

「……事故？」

　事故って……なに？

　……わたし、事故に巻き込まれてこの病院に運ばれたの？

「向坂さんは事故にあって、約２ヶ月もの間眠っていました」

「２ヶ月……!?」

　ずいぶんと長い夢を見ていたような気はしていたけど……。

　まさか、２ヶ月もの間目を覚まさなかっただなんて。

「おそらく向坂さんは、事故にあう前後の期間の記憶が失われている状態です」

　たしかに眠っていた２ヶ月より前の記憶も……なんだか曖昧(あいまい)な気がする。

「ここへ運ばれたときも、頭を強く打っていたようでした。すべての記憶が失われたわけではありませんが、事故の衝撃(しょうげき)が強すぎて、それに関する一部の記憶を失ってしまったのでしょう」

　記憶喪失になるくらいの……大きな事故。

　それなのに、わたしはそのことをなにひとつ覚えていない。

　やはり先生の言うように、事故に関する記憶を失っているということは……本当のようだ。
「……その記憶って、また取り戻すことはできるんですか？」
「それは……なんとも言えません。向坂さん自身が事故で大きなショックを受けて、思い出すのをためらったために記憶を失くしたのかもしれません」
「つまり、それは……。思い出さないほうがいいということですか？」
「それがいいか悪いかはわかりませんが、もしかしたら向坂さんにとって、忘れたくなるほどのつらい記憶だったのではないかと思われます」
「そう……ですか……」
　それ以上、なにも言葉が出てこなかった。
　今は、自分がおかれた現状を受け止めるので精一杯だったから。

　先生の話によると、どうやら２ヶ月ほど前の３月──。
　大雨が降りしきる肌寒い真夜中に、わたしは交通事故にあってこの病院に運ばれてきたのだという。
　大きな事故の割には、幸い軽いケガで済んだ。
　しかし、頭を強く打っていたのが原因で、意識不明の状態に。
　そして、５月のゴールデンウィークが過ぎたばかりの今日、わたしは長い眠りから目覚めたのだった。

　先生からは、無理に思い出そうとする必要はないと言われている。

　わたしもできることなら、……まだ思い出したくない。

　きっと、ものすごいショックを受けた事故だったんだろうし……。

　思い出すのが、怖い。

　だから、今はこのままでいい。

　そう思っていた。

　しかし、忘れてしまったのは事故の記憶だけではなかった。

「オレの名前は、万里（ばんり）！　……覚えてない？」

　病室に戻ったわたしに、身振り手振りで説明するさっきの銀髪の男の人。

　だけどわたしは、さっぱり思い出せない。

「……ごめんなさい。全然……覚えていなくて」

　わたしにとっては、初対面。

　だけど、万里と名のる銀髪の男の人はわたしのことをよく知っているような口ぶりだ。

「そっか〜……。オレのことも覚えてないか」

　万里くんは頻繁（ひんぱん）に、眠っているわたしのお見舞いに来てくれていたよう。

　銀髪だし、耳にはたくさんの輪っかのピアスもついていて怖そうだけど、見た目と違って優しい人だということはわかる。

でも、そんな人のことを忘れてしまうだなんて……。

　……きっと、怒られる。

　または、悲しませるかと思った。

　だけど、なぜか万里くんは安堵したような表情を見せて笑った。

「オレの記憶がなくたって、慈美が無事に目を覚ましてくれたことが一番だから！」

　……正直、驚いた。

　だって、自分のことよりも、わたしのことを思ってくれているのだから。

「こんなわたしに優しくしてくれて、……本当にありがとう」

「そんなの、当たり前だろ」

「……当たり前？　どうして？」

「だってオレたち、付き合ってるんだから」

　予想もしていなかった万里くんのその言葉に、一瞬……頭がフリーズしてしまった。

　つ……付き合っている？

　だれとだれが……？

「……慈美。オレはお前の彼氏で、お前はオレの彼女だっ。たとえ忘れてしまっても、オレたちの関係は変わらない」

　わたしが、万里くんの……彼女。

　そして、万里くんがわたしの……彼氏。

　わたしたちは、……恋人同士。

　万里くんの言うとおりなら、それはものすごく大切なこ

とのはずなのに……。

　そう説明されても、……まったく思い出せない。

「……わたしって、本当に失礼だよね」

　付き合っていた彼氏の顔と名前まで忘れてしまっていただなんて……。

　自己嫌悪で、肩を落とす。

　だけど、そんなわたしを励ますように万里くんは頭を撫でた。

「オレは、慈美が忘れたままでも構わないよ。だって、またこれからオレのことを好きになっていけばいいんだから」

「……万里くん」

　本来なら、記憶を失くしたわたしなんて、愛想を尽かされたっておかしくないのに。

　万里くんは、優しくわたしの手を握ってくれた。

　事故のことや、万里くんのことは……思い出せない。

　だけど、それ以外のことは覚えている。

　もちろん、自分のことも。

　わたしの名前は、向坂慈美。

　ごく普通の女子高生だ。

　そして、眠っている間に、高校２年生になっていた。

　わたしは両親を早くに亡くして、親戚の家を転々としていた。

　そして、中学の進学時に、遠い親戚にあたる今のおじさんとおばさんの家に預けられたのだ。

　これまでもそうだったけど、居候させてもらった家でかわいがられた記憶は……とくにない。

　どこにいっても歓迎されることはなく、厄介者だった。

　わたしは、いつも孤独だった。

　事故の記憶は失くしているけれど、そういうことはしっかりと覚えている。

　いっそのこと、すべての記憶が消えてしまったほうがどんなに楽だったことか……。

　1人になった夜の病室で、ふとそんなことを考えてしまったのだった。

　わたしが目覚めて数日後、退院の目処が立ち1週間後になった。

　その間も、万里くんは毎日のようにお見舞いに来てくれた。

　両親を亡くしてずっと1人だったけど、記憶喪失になる前のわたしには、きっと万里くんがそばにいてくれたんだ。

　そう思うことができた。

　ただ、万里くんのことを『彼氏』だと思えるまでには、まだ時間がかかりそう……。

　記憶喪失前は付き合っていたとはいえ、わたしにとっては初対面の人からいきなり『彼氏』だと言われても、いまいちピンとこないからだ。

　だから、手を握られるだけですごく恥ずかしい。

　それだけでいっぱいいっぱいなのだから、以前は普通に

していたのかもしれない手を繋ぐ以上のことも……今はま
だ、到底できっこない。

　万里くんとは違い、今のわたしの保護者であるおじさん
とおばさんは、わたしが目覚めた数日後に、一度顔を見に
きただけだった。

　2人の表情は、わたしが目覚めてうれしい！　……とい
うよりも。

　目覚めてしまったのか……とでも言いたそうな表情を浮
かべていた。

　一瞬、わたしの容態を少しでも心配して、病院へ来てく
れたのかなと思ったけど——。

　やはり、そうではなかった。

「……慈美ちゃん。先生から、退院しても日常生活に支障
はないと言われたんだけど、……それは本当？」

「はい。事故前後の期間の記憶がないだけで、あとはなん
ともありません」

「そう。それならよかったわ」

　おばさんはそうつぶやくと、安堵したように隣にいたお
じさんと目を合わせて微笑む。

　その笑みは、わたしがこれまでどおりの日常生活を送れ
ることへの安心ではなく、自分たちへの厄介な負担がない
とわかってほっとした、というような意味だったのだと思
う。

　それを確信したのか、話を切り出す。

「目覚めたばかりの慈美ちゃんにとっては、急な話かもし

れないけど……」

「どうかしましたか？」

「実は、今住んでいる家を売って、近々田舎に移住しようと思っているの」

　どうやら、今回おじさんの定年退職を機に静かな田舎へ移り住んで、新しい生活を送りたいらしい。

　もちろん、それはおじさんとおばさんの人生なのだからわたしがとやかく言うことではないけれど、じゃあ、わたしはどうすれば？

　今は、おじさんとおばさんといっしょに暮らしている。

　その家を売るということは、わたしも田舎へ……？

　思っていたことが顔に表れていたのか、おばさんは慌てて話を続ける。

「でも、慈美ちゃんはまだ若いし、これからずっと田舎で暮らすなんてイヤでしょ？」

　べつに、イヤというわけでもないけど──。

「だから、慈美ちゃんには新しい部屋を用意したから安心して！」

「……新しい部屋？」

　おじさんとおばさんが田舎へ移住する代わりに、おじさんの知り合いの不動産屋さんからアパートの１室をすでに安く借りたのだそう。

「ほら！　慈美ちゃんって、しっかりしているし、料理も家事も上手でしょ？　だから、私たちがいなくたって、十分１人で生活できると思って！」

「それに、ぼくたち年寄りといっしょに暮らすよりも、１人暮らしのほうが慈美ちゃんも気が楽だろう？」

　おばさんとおじさんは２人で顔を見合わせながら、勝手にうんうんと頷いている。

　たしかに、わたしは身の回りのことは１人でできる。

　だれも助けてなんてくれなかったから、自然と身についてきたことだ。

　高校生で、自由な１人暮らし。

　一見、うらやましいと思われるかもしれない。

　だけど、……ああそうか。

　わたしといっしょに暮らしたくないのは、おじさんとおばさんのほう。

　田舎に移住することは前から考えていたのかもしれないけど、それを実行に移すことで、わたしを家から追い出したかったのだ。

　すでに、アパートの部屋を用意してくれているみたいだけど、おそらくその家賃の支払いはわたしの両親が遺してくれたお金からだろう。

　わたしの意見も聞いて、いっしょに田舎へ引っ越すという手もあったはずだけど……。

　２人の思い描く生活に、わたしは邪魔なのだ。

　それに、もう部屋を借りてしまっているのなら、わたしに選択肢などない。

「……ありがとうございます。わたしも１人暮らしって憧れていたので」

　なるべく笑って見えるように表情を作った。

　わたしがそう言ったので、そのあとの話はあっという間に進んだ。

　退院後は、わたしはさっそくアパートで1人暮らしを始めることとなる。

　しかしそのアパートは、以前通っていた高校からはかなり遠かった。

　そこで、アパートからも通いやすい、新しい高校への転入手続きはすでに済ませてあった。

　記憶喪失をきっかけに、新しい学校で新しい生活をするのもいいんじゃないかと。

　実に、準備がよかった。

　おじさんとおばさんからは見捨てられるかたちにはなったけど、よくよく考えればわたしもこれでよかったのかもしれない。

　これで、本当に……わたしは1人になってしまった。

　でも、逆に前向きにも捉えられる。

　必要最低限の会話しかない、居心地の悪かった生活から解放されたと思えばいいのだから。

　そして、退院の日。

　早々に田舎へ移住してしまったおじさんとおばさんは、もちろん病院には来なかった。

　だけど、万里くんが来てくれた。

「慈美！　退院、おめでとう！」

「ありがとう、万里くん」

　ハグされ、恥ずかしさで顔が赤くなる。

「荷物は、新しいアパートにあるんだっけ？」

「うん。そう言われてる」

「じゃあ、そこまでオレが送ってやるよ！」

「ありがとう」

　そして、万里くんに連れられて駐輪場へ。

　そこには、大きなバイクが止まっていた。

　まるで、闇を取り込んだような漆黒の色をしている。

「ここからなら、バイクですぐだろ？　後ろに乗ってけよ」

「わぁ～！　こんなに立派なバイクに、わたしなんかが乗ってもいいの？」

「ああ。だってオレのバイクの後ろは、慈美の特等席なんだからっ」

　そう言って、バイクにまたがった万里くんが、後ろのシートを叩く。

　以前はここへ座って、万里くんといろいろな所へ出かけていたのかもしれない。

　わたしは手渡されたヘルメットを被り、万里くんの肩を借りながら、後ろのシートへ足をかけようとした。

　──そのときっ。

「……ッ……!!」

　突然、鋭い痛みが頭を駆け抜けた。

　それは一瞬の出来事だったけど、なぜか急に体がこわ

ばって、わたしはバイクから後退りした。

「……どうした、慈美？」

　不思議そうに、わたしを見つめる万里くん。

　わたしも、一体なにが起こったのか……よくわからな
かった。

　だけど、万里くんのバイクにまたがろうとしたとき——。

　急に、恐怖で体が支配された。

　万里くんが言うには、ここはわたしの特等席らしい……。

　でもなぜか、乗ってはいけない、……そんな気がした。

「……慈美？　乗らねぇの？」

「う……うんっ。わたし……スカートだから、今日はやめ
ておくね。バスで行くことにするよ」

　と言っても、はいているのはラベンダー色のロングス
カート。

　バイクにまたがるくらい支障はないけど、なるべく万里
くんに嫌な思いをさせないためにそう言っておいた。

　それから、わたしはバスに乗って、新しい住まいとなる
アパートへと向かった。

　どこにでもあるような２階建ての木造モルタル造りのア
パート。

　わたしの部屋は、２階の一番端。

　間取りは１Ｋだけど、１人で暮らすには十分な広さだっ
た。

　部屋には、置いて帰ったというようなダンボールたちが
無造作に積んであった。

　おじさんとおばさんが適当に荷造りしてくれたものだ。
「荷解き、手伝うよ」
「ありがとう！」
　あとからバイクで来てくれた万里くんが、片付けをいっしょに手伝ってくれた。
　５月の、雲ひとつない晴れ渡った空。
　この時期にしては気温も高くて、わたしは腰まである明るい地毛のロングヘアを、後ろで１つに束ねた。
　ダンボールの中身を確認していくために、とりあえず１つ１つガムテープの封を剥がして開けていく。
　すると、ある箱の中に充電の切れたボロボロのスマホが入っていた。
　画面の端が所々クモの巣状にヒビが入っていて、ケースも傷だらけだ。
　ちょっと落としたというレベルではない。
　だけど、わたしはこのスマホを知っている。
　今は、目覚めてから購入した新しいものを持っているけど、これはわたしが前に使っていたスマホだ。
　このボロボロ具合からすると、おそらく事故のせいでこうなったのだろう。
　だったら、もしかしたらこのスマホの中に、万里くんとの思い出の写真が残っているかもしれない……！
　事故のことはまだ思い出したくないけれど、わたしに優しくしてくれる万里くんとのことは思い出したい。
　そう思うようになっていた。

幸い、同じダンボールの中に充電器も入っていた。

さっそく、それをコンセントに繋ぐ。

早くスマホが復活しないかと心待ちするわたしのところへ、万里くんがやって来る。

「……慈美？　もしかして、それって……」

そして、わたしの手の中にスマホがあることに気づくと、なぜか万里くんは慌ててそれを取り上げた。

さらに、充電器に繋がっていることを知って、すばやくコンセントから充電器を引き抜いた。

「……どうかしたの？　万里くん」

こんなに慌てた万里くんは、初めて見る。

「い……いや〜。だってこれ、慈美が事故ったときのスマホだろ？」

「……そうだけど。万里くんとの写真も保存してあるかもしれないし。それを見たら、なにか思い出すかもって思って」

「でも……、嫌なことも思い出すかもしれないだろ？　オレとの思い出は、これからまた新しく作っていけばいいじゃんっ」

そう言って、万里くんはわたしの頭をぽんぽんっと優しく撫でた。

……それはそうかもしれないけど。

記憶を取り戻すきっかけにもなるかもしれないと思ったんだけどな。

「こんな壊れたスマホ、もう使わないだろ？　だから、こっ

ちに入れておくな」

　万里くんが『こっち』と言ったのは、【いらないもの】と書かれたダンボールのことだ。

　いるものといらないものに分けて、【いらないもの】の箱に入っているものは、あとで処分する予定だ。

　その箱の中に、万里くんはボロボロになったスマホを投げ入れた。

「あっ……。でも、待っ──」

　やっぱりスマホのことが気になって、わたしは再び拾い上げようと手を伸ばした。

　しかし、その手首を万里くんが強い力でつかんだ。

「オレがいらないって言ったら、いらないんだよ！　……それとも、なんだ？　彼氏であるオレの言うことが聞けないっていうのか？」

　万里くんは目を見開いて、わたしにそうすごんでくる。

　わたしを必死に諭すような笑みのない真顔の万里くんに、一瞬萎縮してしまった。

「そ……そういうわけじゃないけど……」

「そっか、いい子だな。お前は、黙ってオレの言うとおりにしてればいいんだよ」

　見たことのない万里くんの表情だったから、わたしは少し驚いてしまった。

　でも、わたしがこくんとぎこちなく首を縦に振ると、万里くんは満足したように、いつもどおりの笑みを見せた。

　万里くんの手伝いもあって、片付けは思っていたよりも

早く済んだ。

「じゃあ、慈美。なにかあったら、すぐにオレに連絡しろよ？」

「うんっ、ありがとう」

　万里くんは、日が沈む前に帰っていった。

　荷解きや部屋の片付けも一段落して、そういえばお腹が空いていることに気がついた。

　もう夕飯の時間だけど、買い物に行けていないため、冷蔵庫にはなにも入っていない。

　仕方なく、わたしはダンボールの中にいっしょに入っていたカップラーメンにお湯を注いだ。

　テレビを見ながら、カップラーメンをすする。

　──ふと、テレビの横にあったダンボールが目に入った。

　それは、【いらないもの】と書かれたダンボールだ。

『こんな壊れたスマホ、もう使わないだろ？　だから、こっちに入れておくな』

　万里くんはああ言っていたけど、わたしはずっとあのスマホのことが気になっていた。

　万里くんの言うとおり、たしかにこれからまた新しい思い出を作っていけばいいのかもしれない。

　だけど、忘れてしまった２人の思い出だって、きっと大切なものに違いない。

　わたしは、それを知りたい。

　残念ながら、事故の衝撃のせいか、充電してもスマホの電源が入ることはなかった。

　でも、もしかしたらいつかは復活するかもしれない。

　そんな淡い希望を抱き、わたしはボロボロのスマホを棚の引き出しにしまっておくことにした。

　それから、数日後。

　白いシャツに、赤色のチェック柄のスカート。

　大きな深紅色のリボンを胸元につけ、紺色のブレザーに袖を通した。

　見慣れない制服姿のわたしが、姿見の中に映っている。

　これが、今日から通う新しい学校……『真神高校』の制服だ。

　真神高校までは、アパートから歩いて15分ほど。

　新しいローファーを履くと、わたしは家を出た。

　学校が近づくにつれて、同じ制服姿の生徒をたくさん見かけるようになった。

　もう５月の下旬だから、すでに特定の仲のいい友達ができているようで、みんな楽しそうに会話しながら学校へと向かっている。

　そんな中、わたしは１人で登校。

　学校に着くと、まず初めに職員室へ行き、担任の先生を紹介してもらった。

　若い男の先生だった。

　わたしのクラスは、２年３組。

　他のクラスよりも１人少なかったとかで、わたしがそこへ入ることになったのだ。

「今日はみなさんに、このクラスに新しく加わる転校生を紹介したいと思います！」

　朝のホームルームの時間に、わたしはクラスメイトに紹介された。

　みんな興味津々（しんしん）で、わたしに視線を移す。

「え……、やば！　めちゃくちゃカワイイじゃん！」

「細〜いっ。顔ちっちゃ〜いっ」

「なんだか、お人形さんみたい」

　そんな声が聞こえる中、わたしはおずおずと壇上（だんじょう）に上がった。

「……向坂慈美です。よろしくお願いします」

　それだけ言うと、わたしは軽く会釈（えしゃく）した。

　注目されるのは……苦手だ。

「それでは向坂さんは、あちらの窓際の列の一番後ろの席へ座ってください」

「はい」

　壇上から見渡せば見える、窓からの太陽の光が降り注ぐ空席。

　クラスメイトの視線を背中に受けながら、わたしは自分の席へ着席した。

　『窓際の列の一番後ろの席』と言われたけど、わたしの隣も空席だった。

　不思議に思っていると、教室の後ろのドアが開いた。

　そこに立っていたのは、180センチ近くはありそうな高身長の男の子。

　黒髪にゴールドのハイライトが入っていて緩めのパーマをかけたヘアスタイルが特徴的だ。

「一之瀬くん、また遅刻ですか？」

　そう尋ねる先生に対しても無言。

　一之瀬くんは、まるで先生の声なんて聞こえていないかのように、そのまま教室の後ろを歩く。

　そうしてやってきたのは、──わたしの隣。

　空席だと思っていた隣の席は、どうやら一之瀬くんの座席のようだ。

　一之瀬くんはだれとも目を合わせず、会話もすることなく、机に突っ伏して寝てしまった。

　そのあと、１限の数学の授業が始まった。

　職員室で配布された教科書一式の中から、数学の教科書を取り出す。

　今日の授業の範囲であるページをペラペラとめくって開け、大事なところにはマーカーを引いておいた。

　──すると。

「それでは、問１から問５の問題をこの列の人に解いてもらいます」

　そう言って、先生が指名したのはわたしの隣の──。

　つまり、一之瀬くんがいる列だ。

　ちょうど５人いるため、一番前の人から問１の答えを黒板に書いていく。

　問３までの答えが黒板に書き終わったときに、わたしは気がついた。

　一之瀬くんも当たっているということに。

　でも一之瀬くんは、数学の授業が始まってからもずっと寝ていて、授業なんて一切聞いていない様子。

　だけど、順番からすると……問5の問題は一之瀬くんの担当だ。

　おそらく、問題を解くどころか、自分が当たっていることすらも気づいていない。

　一之瀬くんの前の問4の担当の人が、黒板の前で少し考え込んでいる。

　その間に、わたしは隣の席の一之瀬くんに声をかけた。

「いっ……一之瀬くん！」

　しかし、熟睡しているのか無反応。

「数学の問題、当たってるよ……！」

　さっきよりも少し大きめの声で呼んでみたけど、またしても無反応。

　仕方ないと思って、わたしは右手をそっと一之瀬くんに伸ばした。

「ねぇ、一之瀬くん……！　起きてっ」

　そして、肩を軽く揺すった。

　すると、寝ぼけたような顔の一之瀬くんが、むくっと体を起こした。

　しかし、寝起きのせいか、ぼうっとしていて現状が把握できていない様子。

「問5の問題、……一之瀬くんだよ！」

　もう一度声をかけると、肩をビクッと震わせて、驚いた

顔でわたしに目を向けた。

「……『ユナ』？」

　目を丸くして、わたしを見つめる一之瀬くん。

　そんなに大きな声ではなかったんだけど、どうやら驚かせてしまったようだ。

　というか、『ユナ』って……だれ？

　女の子の名前……だよね？

　寝ぼけて、わたしを彼女かだれかだと勘違いしているのだろうか……。

「一之瀬！　この問題解いてくれるか？」

　問４が解かれたようで、先生が問５の解答を黒板に書くようにと、一之瀬くんに促している。

　解くって言ったって、今の今まで寝ていた一之瀬くん。

　ただでさえ、問５は応用も入っていて難しいのに、寝起きの一之瀬くんがすぐに解けるわけがない。

　──そう思っていたんだけど。

「……これ、ちょっと借りるから」

　すると、わたしの返事も聞かずに、一之瀬くんはわたしから数学の教科書を取り上げた。

　そして、黒板に向かうまでの間でそのページの内容にざっと目を通す。

　たったそれだけだったのに──。

　一之瀬くんはチョークを握ると、黒板にスラスラと解答を書き始めた。

　……しかも、合っている。

すごいっ……。

軽く教科書を読んだだけで、簡単に解いてしまうなんて。

「ありがとう、助かった」

一之瀬くんは席に戻ってくると、わたしに教科書を返してくれた。

遅刻してきて席に着いてから、まったく会話はなかったけど——。

どうやら……怖い人ではないようだ。

——たまたま、隣になった席。

これが、わたしたちの運命の出会いになるなんて……。

このときのわたしは、知るはずもなかった。

似た者同士

　１限目が終わり、休み時間。

　わたしは、１人で窓の外の景色を眺めながら過ごしていた。

　周りが、わたしのことを見ながら口々になにか話しているのはなんとなくわかっていた。

　そして、その次の休み時間。

　何人かの女の子が話しかけにきてくれた。

　でもわたしは、前の学校でもそうだったけど、友達付き合いが……どうも苦手。

　質問されたことに対して、簡単な返答しかすることができない。

　そのため、会話が続かない。

　すると、周りの女の子たちは『なんだつまんない』といったような顔を見せて、席に戻っていくのだった。

　わたしからもなにか話したらいいのだろうけど、子どもの頃から引き取られた家でもあまり会話はなかったから、なにを話していいのかわからない。

　女の子たちが去ったあと、次はクラスの男の子たちがわたしの席に集まってきた。

「ねぇねぇ、向坂さんってモデルとかやってるの？」

「え……？　してないけど……」

「だって、すっげースタイルいいし！」

「それに顔もかわいいから、一般人ではないよなってみんなで話してたんだよっ」

「……ええっと。わたし……普通に一般人だよ？」

　モデルみたいだなんて、言われたことがない。

「マジかよー!?　一般人で、このクオリティとかヤバすぎだろ!?」

「ほらっ。うちのクラスの女子って、みんなフツーじゃん？でも向坂さんが来てくれたおかげで、教室内がパッと明るくなったっていうか！」

「華があるよな！」

「それに、目の保養にもなるっ！」

　そんなこと言ったって、このクラスの女の子たちだって十分かわいい。

「それにしても向坂さん、転校早々運が悪いよなー」

「運が悪い……？　どうして？」

　わたしがそう尋ねると、周りに集まる男の子たちが、一斉にある方向に目を向けた。

　それは、わたしの隣——。

　一之瀬くんの席だ。

「よりにもよって、一之瀬彪雅の隣だなんてな」

　その言葉に、わたしはキョトンとする。

　一之瀬くんの隣の……なにがダメなの？

「向坂さんは転校してきたばかりだから知らないだろうけど、あいつ……、いろいろとヤバイんだよ」

「そうそう。見た目あんなだろ？　学校の外じゃ、けっこ

うやらかしてるって噂っ」

　男の子たちは、一之瀬くんがこの場にいないのをいいことに、好き勝手に話している。

「1年のときは、もう少し取っつきやすい感じだったんだけどなー」

「だよなっ!?　もともと無口なほうだったけど、2年になってからはさらに無口になって」

「暗いっつーか、なんか深い闇抱えてそうな感じ？」

「しかも喧嘩は強いらしいから、向坂さんもあいつとは関わらないほうがいいよ」

　まだ一之瀬くんのことでわたしに忠告したそうに見えたけど、次の授業のチャイムが鳴ったので、男の子たちは自分の席へと戻っていった。

　たしかに、髪も染めて、耳にはピアスもしていて、制服も着崩していて、見た目は校則違反だらけ。

　1限の数学が終わったあとからどこかへ行ってしまって、それ以降の授業を受けていない不真面目な生徒だ。

　だけど、男の子たちが噂しているような悪い人とは思えなかった。

　なぜなら、数学の教科書を返してくれたとき、『ありがとう、助かった』って、ちゃんとお礼を言ってくれたから。

『ヤバイ』も『やらかしてる』も、彼らの勝手な想像なのではないだろうか。

　それに、聞こえてくる話からすると、どうやら女の子の間では人気があるようだ。

　背が高くて整った顔をしているし、あのルックスなら目立つに違いない。

　不真面目そうに見えて、さっきの数学のときのように頭もいいみたいだし、そのギャップが女の子にはグッとくるのかもしれない。

　だけど、話しかけづらいオーラが出ているから、女の子からは話しかけてこないだけ。

　わたしには、そんなふうに見えた。

　一之瀬くん自身も、とくに馴れ合いを求めてないように思える。

　だから、いわゆる『一匹 狼』というやつだ。

　お昼休み。

　仲のいい友達と机をくっつけてお弁当を食べる女の子たちの輪に、わたしが入っていけるわけがなかった。

　適当に購買でパンを買うと、わたしは屋上へと向かった。

　天気もよくて、心地いい風も吹いているのだけれど、だれもいなかった。

　教室にいたって、なんとなく居心地が悪いから、1人で過ごせるこの場所のほうが……落ち着く。

　ベンチに座ってスマホをいじりながら、細長い練乳クリームパンをかじっていたとき――。

　屋上のドアが開く音がした。

　だれかが入ってきたようだ。

　わたしは、ドアのほうへと視線を移した……。

　するとそこにいたのは、明るい茶髪や金髪の……いかにもガラの悪そうな３人組の男子生徒たち。

　わたしが履いているつま先が赤色の上靴と違って、かかとを踏んでボロボロになった青色の上靴を履いている。

　あの色は、３年生だ。

　すると、ベンチに座っているわたしを見つけるなり、３年生たちがすぐさま目の色を変えた。

「……おいっ、お前。なにオレたちの場所で、勝手にくつろいでんだよ？」

　オレたちの……場所？

　そう思って首を傾げてみたけど、どうやらこのベンチは、この不良３人組の特等席らしい。

　タバコの吸い殻が落ちているとは思ったけど、そういうことだったのか。

「この学校の生徒なら、ここに来ることの意味くらい……わかってるよな？」

　そう言って、わたしに詰め寄ってくる不良たち。

　こんなに天気がいいのに、屋上にだれもいないのが不思議だった。

　だけどそれは、みんなここに寄りつかなかっただけ。

　ベンチだけでなく、この屋上が不良たちのテリトリーだったから。

　だれかに教えてもらっていれば、わたしだってわざわざ屋上に来ることはなかった。

「ごめんなさい。……なにも知らなくてっ」

38

　わたしはすぐさま荷物をまとめると、ベンチから立って
その場を去ろうとした。

　——しかし。

「ちょっと待てよ」

　不良たちの横を通り過ぎようとしたときに、そのうちの
１人に腕をつかまれた。

　その拍子に、慌てて袋に入れた食べかけの練乳クリーム
パンが地面に落ちる。

　それを荒々しく踏んづけて、わたしに顔を近づける不良。

「……お前、見ない顔だな？」

　かかる息がタバコ臭くて、わたしはとっさに顔を背けた。

　しかし、すぐさま手で顎をつかまれて、顔を見せろと言
わんばかりに正面を向かされる。

「そういえば、２年に転校生が来たって噂を聞いたような
な……」

「なるほど……。それが、お前ってわけか」

　まじまじとわたしの顔を見つめる。

「よく見たらけっこうカワイイじゃん」

「……離してっ」

　力では勝てないから、せめてもの抵抗で睨んでみせるけ
ど……まったく効いていないみたい。

　あとの２人はニヤニヤしながら、さらに近づいてきた。

「まぁ、自分からここに来たのなら仕方ねぇだろ。これが、
“洗礼”ってやつだよ！」

　そう言うやいなや、不良はわたしをベンチに押し倒した。

　背中に伝わるベンチの硬さと突然の衝撃に、思わず顔が
こわばる。
　そして、3人がかりでわたしを押さえつけた。
「……やめてっ！　離して！」
　精一杯手足をばたつかせてみたけど、まったく歯が立た
ない。
「大人しくしてろっ。悪いようにはしねぇからさ」
「そうそう。オレたちが、ちょっと遊んでやるだけだから」
「叫んだって、この屋上に来るヤツなんかいるわけねーだ
ろ！」
　ゲラゲラと笑いながら、3人はわたしを見下ろす。
　——すると、そのときっ。
「……うっ……!!」
　まるで針で刺したような鋭い頭痛がして、わたしは表情
を歪ませた。
　ベンチに押し倒されたときに、頭を打ったせいなんか
じゃない。
　……この痛みっ。
　前にもあった……。
　あれは、万里くんのバイクに乗ろうとしたときだ……。
　あのときはすぐに痛みは消えたはず。
　でも今回はなかなか治まってくれない。
「そんな演技したって、ムダムダ〜♪」
　痛みに苦しむわたしを見ても、3人は力を緩めてはくれ
ない。

　この痛みが嘘なら、どんなによかったことか……。

「……ッ……！」

　なおも顔をしかめるわたしの異変に、ようやく不良たちもなにかがおかしいと気づく。

「お……おいっ。なんか……ヤバくね？」

　不安そうに顔を見合わせる３人。

　わたしから離れてくれたのはいいものの、どうしたらいいのかわからず、ただ突っ立っているだけだ。

　わたしは痛みに襲われながらもなんとか体を起こす。

　この３人に助けを求めたいくらいだけど、なにもしてくれない。

　だれか……。

　だれかっ…。

　朦朧とする意識の中で、声にならない声で助けを呼んだ。

　──そのとき。

「……そんな所で、なにしてんの？」

　しんと静まり返った屋上に響く、低いトーンの声。

　わたしたち以外だれもいないと思っていたから、不良たちはギョッとして声がしたほうへ一斉に顔を向ける。

　わたしも痛みを堪えながら、なんとかそちらに視線を向けると──。

　屋上の出入り口の真上にある給水塔。

　その陰から、だれかがむくっと体を起こした。

　そして、出入り口のドアに足がかかりそうな格好で腰掛け、そこからわたしたちを見下ろす人物が──。

　あれは……、一之瀬くんだっ。

「もしかして、あいつ……」

「……２年の一之瀬かっ!?」

「いつからあんな所に……!?」

　どうやら一之瀬くんは、３年生の間でも顔と名前は知られているよう。

　だけどそれは、ルックスで目立っているというわけではなさそうだ。

「どうする……!?　あいつに関わったら、ろくなことがねぇ！」

「……そうだぜっ。やり合ったって、勝ち目なんか──」

「う……うるせぇ！　ただの２年相手にビビんな！」

　あれだけ威勢のよかった３年生の不良たちが、一之瀬くんの姿を見るなり、完全に腰が引けていた。

「それ。あんたらがやったの？」

　一之瀬くんはわたしたちの所へ飛び降りると、スッと人差し指を立てた。

　その指の先にいるのは、わたし。

　一之瀬くんが言った『それ』とは、どうやら頭痛に苦しむわたしのことのようだ。

「ちっ……違えよ!!」

「こいつが勝手に……！」

「オレたちから逃れようと、下手な演技なんかしやがって！」

　そう言い張る不良たちを素通りして、一之瀬くんはわた

しの元へとやって来た。

「……あんた、大丈夫か？」

　わたしの前にしゃがみ込む、一之瀬くん。

　前にも似たようなことがあったから、きっと大丈夫なはず。

　だから、なんとか首を縦に振ってみたんだけど──。

「そっか。どうやら、大丈夫そうじゃねぇな」

　わたしの反応とは真逆のことを読み取った一之瀬くんは、わたしをそっと抱き起こすと、ベンチに寝かせた。

「……おい、てめぇ！　2年の中では調子にのってるらしいが、オレたちを無視するとはいい度胸だな！」

「もちろん、ここがオレたちのテリトリーってことも知ってるよな!?」

「こっちは3人だぞっ。圧倒的に不利なんだから、今謝れば許してやってもいいぞ！」

　一之瀬くんの登場で、さっきまで腰が引けていた不良たちだが、数では勝ると思ってまた威勢を取り戻した。

　たしかに、3人とも体格は一之瀬くんよりもいい。

　強そうだし、この3人を1人で相手にできるわけがない。

　だけどそんな威嚇にも一之瀬くんは、とくに表情を変えることもなく──。

「ごめんな、うるさくて」

　そう言って、わたしの額に手を添えた。

「……うんっ。熱は、ないみたいだな」

　臨戦態勢の不良たちを差し置いて、一之瀬くんはマイ

ペースだ。

　しかしその態度が、かえって不良たちの怒りに油を注ぐ。

「てめぇ、いい加減にしろよ！　なにまだ無視してやがる！」

「どうやら、今の状況がわかってねぇみたいだなっ」

「だったら、嫌っていうほど思い知らせてやる!!」

　そんな怒号が屋上に響き、一之瀬くんの背後から不良たちが拳を振りかざす影が見えた。

「……一之瀬くん、後ろ――!!」

　それを知らせようとしたけど、また鋭い頭痛の波がやって来て、わたしは頭を抱えてかがみ込んだ。

　どれくらいたっただろうか――。

　痛みが引き、わたしはゆっくりと目を開けた。

　すると、目の前に飛び込んできた光景は、逆光で見えづらいけど、だれかがだれかの胸ぐらをつかむ姿。

　徐々に鮮明になった視界に、わたしは思わず口がポカンと開いた。

「喧嘩なら、いつでも買ってやるよ。でもな、もう少し強くなってからにしな」

　そう囁いて、突き飛ばすようにして相手の胸ぐらから手を離したのは――。

　なんと、一之瀬くんだった……！

　しかも、一之瀬くんの足元にはすでに不良２人が伸びている。

「ここが、あんたたちのテリトリーだか知らねぇが、また
俺の昼寝を邪魔するようなら容赦しねぇ」

　そうして一之瀬くんが睨みを利かせると、不良たちはあ
わあわと後退りをした。

　そのまま、しっぽを巻いて逃げるのかと思いきや——。

「あ、そーだっ」

　突然、一之瀬くんに呼び止められ、不良たちの肩がビクッ
と反応する。

「これ、もらってくから」

　一之瀬くんは不良のズボンのポケットに荒々しく手を
突っ込むと、中から小銭を奪い取った。

　そうして、やっとのことで一之瀬くんから解放された不
良3人組は、あっという間に逃げてしまった。

　不良からお金を奪って、……カツアゲ？　なんて思った
けど——。

　そのお金を手にしてやってきたのは、わたしの前。

　一之瀬くんの左耳についているピアスがキラリと光る。

「気がついたんだ。もう平気？」

「う……うんっ。おかげさまで」

「それならよかった。……あと、これっ」

　そう言って、一之瀬くんは不良から奪い取った小銭をわ
たしに差し出した。

　一之瀬くんの手のひらにあったのは、1枚の百円玉と3
枚の十円玉。

「食べかけのパン、あいつらのせいで落としたんじゃねぇ

の？　その弁償代（べんしょうだい）ってことで」

　そういえば、わたしが購買で買って食べていた練乳クリームパン——。

　さっきの騒動で不良たちに踏んづけられて、とてもじゃないけど食べられない状態になってしまった。

　一之瀬くんは、落ちていたパンの残骸（ざんがい）からそれを察してくれて、練乳クリームパン代の130円分を取り返してくれたんだ。

　カツアゲかと思ったけど、そうじゃなかった。

　わたしのためだったんだ。

「……ありがとう」

「たいしたことねぇよ。それに、数学のお返しだから」

「……お返し？」

「ああ。教科書貸してくれただろ？　そのお返し」

　あんなの、隣が一之瀬くんじゃなくてもだれだってするし、なかば強引に一之瀬くんが教科書を奪い取っただけなのに。

　なんだかおかしくて、わたしは思わず笑みをこぼした。

「……そうだ、授業！」

　一難去ってほっとしていたけど、お昼休み後の５限の授業のことを思い出した。

　慌てて、スマホの画面に目をやると——。

「……えっ！　もうこんな時間……!?」

　なんと、すでにお昼休みは終わっていて、５限の授業が始まっていた。

　しかも、授業開始から15分近くもたっている。

「……一之瀬くんはっ!?　授業、出なくていいの?」

「俺はいいや」

　一之瀬くんはとくに焦《あせ》る様子も見せず、ベンチに座って
ぼうっと屋上からの風景を眺めている。

「それじゃあ、わたしは行くね……!　さっきは助けてく
れてありがとう!　なにかお礼がしたいから、そのときは
またわたしに——」

「じゃあ、もう少しここにいて?」

　すると突然、一之瀬くんがわたしの手首をつかんだ。

　数学の教科書を貸しただけじゃお礼したりないから、ま
た今度別でお礼をって意味だったんだけど……。

　……わたしがもう少しここにいること?

　それが、一之瀬くんが求めている……お礼?

「なんか、あんたの声……落ち着くから。もう少しだけ、
そばにいてほしい」

「一之瀬くん……」

　まるで時間が止まったかのように、わたしと一之瀬くん
は静かに見つめ合っていた。

　言葉を交わさなくたって、目と目を見ただけで、お互い
の気持ちが通じ合った。

　そんな気がした。

「……って、俺もなに言ってんだろうな。授業に行くんだ
よな」

　しかし、再び時計の針が動き出し、我に返った一之瀬く

んがパッとわたしの手首を離した。

「呼び止めて悪かった」

　そうして微笑む一之瀬くんだけど——。

　その表情は……どこか儚げで。

　本当にわたしがこの場を去ってしまったら、まるで泡沫(うたかた)のように消えてしまうんじゃないだろうか……。

　そんな気がしてならなかった。

「……え？　行かねぇの？」

　キョトンとして驚く一之瀬くんの隣に、わたしは腰を下ろした。

「うん。今から行っても、もう手遅れだしね」

　そう言って笑ってみたけど、それはただのそれっぽい言い訳。

　今から授業に出席したってよかったんだけど、わたしもなんとなく、今は一之瀬くんのそばにいたかった。

　なぜなら、こうしていっしょにいて気がついた。

　なぜか初めて会った気がしなくて、わたしも一之瀬くんの声を聞いていると……なんだか落ち着く。

　一之瀬くんは、やっぱりクラスの男の子たちが言っていたような人ではなかった。

　他人には無関心そうに見えて、実はよく周りを見ている。

　だからこそ、わたしの異変に気づいて助けてくれたんだから。

　あと、『喧嘩が強い』というのは本当のようだ。

　だけど、さっきの３人組の不良みたいに、身勝手でなん

でもかんでも奪い取るために振りかざす力ではない。

　喧嘩が強いといっても、なにか理由がなければ拳をあげるなんてことしないはずだ。

　一之瀬くんと屋上でたわいない話していたら、あっという間に時間が過ぎてしまった。

　初めこそ、わたしの名前を知らなかったらしいけど、『向坂』と呼んでくれるようになった。

　ふと時計を見るととっくに５限は終わっていて、６限の授業に入っている時間だった。

　転校初日から午後の授業をサボるだなんて、なかなかわたしもやらかしている。

　でも、今日くらいはいいや。

　一之瀬くんといたら、そんな気分になってしまう。

　学校になじめない似た者同士だからか、一之瀬くんとは話が合った。

　それに、『家族がいない』という境遇も同じだった。

「物心ついたときから、『家族』っていう存在はいなかった。でも、『仲間』ならいる」

「仲間……？　いいね。絆が深そう」

「ああ。俺にとっては、あいつらが『家族』だから」

　そう語る一之瀬くんは、今日見た中で一番いい顔をしていた。

　きっと、とても素敵な仲間がいるのだろう。

「向坂は？　周りにいねぇの？　そんなやつ」

「わたしは……」

　ふと、万里くんの顔が頭に浮かんだ。

「仲間じゃないんだけど、似たような存在だったら、……『彼氏』ならいるよ」

「なんだよ、ノロケかよ」

「……違う違う！　そういうつもりで言ったんじゃないんだけど……。……たぶん、『彼氏』なの」

「なに、その曖昧な感じ」

　はっきりとしないわたしの表現に、一之瀬くんは小さく笑っている。

　そりゃ……笑われたって仕方ない。

　だって、『彼氏』のことを、はっきり『彼氏』と断言できないのだから。

　それに、万里くんと付き合っていた記憶がないわたしにとっては、『彼氏』と言い切るにはまだ少し抵抗があった。

　でも、今日会ったばかりの一之瀬くんに、記憶喪失だということを話すつもりはない。

　話しても信じてもらえないだろうし、記憶がないからって同情してもらいたいわけじゃないから。

「そういえば、一之瀬くんは？　彼女とかいるの？」

「……俺？　俺は……、いないよ」

「え～、本当～？」

　こんなに、完璧なルックスなのに？

　女の子が放っておくわけないと思うんだけどなぁ。

　……あっ、そういえば。

「『ユナ』ってコは？」

　何気なく聞いてみたんだけど、なぜか一之瀬くんは驚いたように顔を向けた。

「……ユナ？　どうして、向坂がその名前を……」

「だって、数学の時間にそうつぶやいてたから」

　寝起きだったから、覚えてないのかな……？

　すると、一之瀬くんは眉を下げて遠くに目をやった。

　その表情は、見ていて胸が締めつけられるくらい……とても切ない。

「『ユナ』は……。俺の大切な人の名前だ」

「そうなんだ。好きな人？」

「たぶん、この世で一番愛してた」

「『たぶん』……？　それなら、なんだかわたしと同じで曖昧じゃ——」

　と言いかけて、わたしはとっさに口をつぐんだ。

　もしかしたら、わたしは聞いてはいけないことを聞いてしまったのかもしれない……。

　『愛してた』なんて、ちょっとやそっとのことじゃ堂々と口に出せない。

　だから、心の底からその人のことを想っているということはわかったけど——。

　言い方が、……過去形。

　それに、遠くの空を見上げる一之瀬くんの切なげな表情からすると——。

　もしかしたらその『ユナ』という人は、もうこの世には

いないのかもしれない。

　……勝手に、そんなことを考えてしまった。

　だから、もうそれ以上は聞けなかった。

「今日は、ありがとう。楽しかった」

「そう？　授業サボって、楽しかったなんて言われるとは思わなかったな」

　わたしと一之瀬くんは、屋上から校門までのわずかな距離をいっしょに帰った。

「それじゃあ、わたしは友達と待ち合わせしてるから、ここで」

「へ～。もう友達できたんだ？」

「違うよ～。前の学校の友達っ。中学からの親友なの」

「なんだ。仲いい友達もちゃんといるんじゃん」

「まぁ、1人だけだけどねっ」

　わたしは、苦笑いを浮かべる。

　そのとき、わたしのスマホが鳴った。

　見ると、万里くんからの電話だった。

「友達から？」

「ううん、……彼氏からだ。ちょっと出てもいいかな？」

「ああ」

　わたしは一之瀬くんに断りを入れると、万里くんの電話に出た。

〈……もしもし？〉

〈慈美？　今、電話大丈夫？〉

〈大丈夫だけど、どうしたの？〉

〈今日、転校初日だったろ？　どんな感じかなって、ちょっと気になって〉

　どうやら万里くんは、わたしの新しい学校生活のことが気になって、わざわざ電話をくれたらしい。

〈うん、まぁ普通だよっ。なんとかやっていけそう〉

〈それならよかった。もし、なにか嫌なことでもされたら、すぐにオレに知らせろよ？〉

〈ありがとう。このあとちょっと用事があるから、いったん切るね〉

〈そっか、わかった。またな〉

　万里くんの返事を聞くと、わたしは電話を切った。

　転校初日になにかなかったかと聞いてくるなんて、万里くんも心配性だなぁ。

　そう思いながら、スマホをバッグの中にしまった。

　すると、そのとき——。

「慈美！」

　背後から、わたしを呼ぶ声がした。

　この……よく通る高い声。

　くるりと振り返ると、そこにいたのは天使の輪っかのついた美しい黒髪ロングヘアの美女。

　毛先にかけてウェーブのかかった長い髪が、ふわりと風になびいている。

「慈美！　久しぶりー！」

　そう言って、痛いくらいにわたしを抱きしめた。

　そう。

　このコが、わたしの中学からの親友の榎本由奈だ。

　由奈のことは覚えていた。

　それに、忘れるはずがない。

　こんなわたしと仲よくしてくれる、唯一の友達なのだから。

　由奈の連絡先は、前の壊れたスマホの中に入っていたから、しばらく連絡を取ることができなかった。

　でも退院後、ＳＮＳを通じて由奈にメッセージを送ることができ、現状を報告することができた。

　由奈には、事故のせいでそのときの記憶がないことも予め説明してある。

　とても驚いて心配してくれたけど、由奈のことは忘れていないこと、記憶の一部を思い出せないだけで、日常生活には支障がないことを伝えたら、ようやく安心してくれた。

　そして今日、久々に会おうということになったのだ。

「慈美からのメッセージを見たときはびっくりしたけど、元気そうで本当によかった！」

「ありがとう。わたしも久しぶりに会えて、うれしいっ」

「話したいこと、たくさんあるからさ！　早く近くのカフェに行って——」

　と言いかけて、由奈はキョトンとした顔を見せた。

　そして、わたしの後ろにいた一之瀬くんの存在に気づく。

　一之瀬くんはわたしたちに背中を向けた状態で、ぼんやりと空を見上げていた。

「……あっ、ごめん！　もしかして、２人で帰るつもりだっ

た？」

「違う、違う……！　ここまでいっしょになっただけで」

　一之瀬くんもわたしのことなんて放っておいて、1人で帰ってくれていたらよかったんだけど、なぜか律儀に待ってくれていた。

「……ごめんね、一之瀬くん。なんだか、待たせたみたいになっちゃって」

「かまわねぇよ。また、変なヤツらに絡まれるかもしれねぇだろ？　友達と会えたなら、よかった」

　一之瀬くんは、振り返りざまに優しく微笑んでくれた。

「そうだ！　一之瀬くん、紹介するね。このコが、わたしがさっき話してた親友の……」

　そう言って、一之瀬くんに由奈のことを紹介しようとしたんだけど──。

　なぜか由奈は、驚いたように目を丸くして一之瀬くんを見つめていた。

　こんな由奈……初めて見る。

「……どうしたの？　そんな顔して」

「……えっ!?　……えっ……と。……一之瀬……くんっていうの？」

「うん。わたしの隣の席なの」

「そ……、そうなんだ……」

　由奈はそれだけ言うと、気まずそうな顔をして口をつぐんでしまった。

　不思議には思ったけど、わたしたちは一之瀬くんと別れ

ると、近くのカフェへと移動した。

　そこでは、わたしが眠っていて会えなかった時間を取り戻すかのように、由奈とたわいのない話で盛り上がった。

　幸い、由奈と話す内容については覚えていた。

　わたしが忘れてしまったのは、本当に事故前後の記憶だけのようだ。

「そういえば、さっき一之瀬くんの顔を見て……驚いていたけど。もしかして、由奈の知り合い？」

　あまり気にとめていなかったけど、一之瀬くんが大切に想っている人も『ユナ』。

　『由奈』と同じ名前だ。

　だから、なにか繋がりがあるのかと思ったけど——。

「……ううん、知らない。初めて見た」

　由奈にしては珍しく、ぶっきらぼうにそう言うと、アイスコーヒーに挿さっていたストローに口をつけて、ひと口飲んだ。

　まるで、自分の口を塞ぐかのように。

「慈美。あたしもちょっと気になったことがあったんだけど……。聞いてもいい？」

「うん、いいよ。なに？」

「彼氏……のことは、覚えてるの？」

　——彼氏。

　それは、万里くんのことだ。

「……えっとね。それが……覚えてないんだ」

　万里くんに申し訳なくて、わたしは喉から絞り出すよう

に声を出した。

「前に持ってたスマホも壊れちゃって、2人の写真とかが一切なくて……。だから、自分じゃ……よくわからなくて」

　自然と、ため息が漏れた。

　でも、由奈のこの言い方だと、わたしは記憶を失くす前に彼氏の話をしていたようだ。

　おそらく由奈は、わたしの彼氏のことについてなにか知っているはず……！

「……教えて、由奈！　万里くんって、どんな人!?　わたしたちって、どういう付き合いをしてたのかな……!?」

　なにか聞けると思って、食い気味になってしまったせいだろうか……。

　由奈が若干気まずそうに、ぎこちない表情を浮かべているのがわかった。

「ば……万里くん?　それが、慈美の彼氏の名前なの……?」

「……そうだけど。……由奈は知らない?」

「……ごめん。慈美に彼氏がいることは聞かされてたけど、顔や名前とかは知らなくて……」

「そう……なんだ……」

　由奈はなにも悪くないのに、わたしはあからさまに肩を落としてしまった。

　他に、わたしのことをよく知る人物はいない。

　だから、由奈からなら、なにか手がかりになるような話が聞けるかと思ったんだけど……。

「万里くん……だっけ?　どんな人なの?」

「……えっと。背が高くて、銀髪で――」

　わたしは、万里くんのことについて由奈に話した。

　由奈は親友だから、気軽になんでも話せる仲。

　一方的にわたしが話しているだけだけど、由奈は静かにうんうんと聞いてくれている。

　しかし、なぜ記憶を失くす前のわたしは、こんなにも仲のいい由奈に、彼氏である万里くんのことを話していなかったのか――。

　そこは……、不思議に思う部分ではあるけど。

　『彼氏ができた』となったら、一番に由奈に報告しそうなものだけど――。

「見た目は派手だけど、病院にも頻繁に通ってくれて、優しい人なのはたしかなの。さっきも、わたしの転校初日が心配だったみたいで、わざわざ電話もくれてさっ」

「そっか。すっごくいい人じゃん！　大切にしなよ、慈美！」

「う……うんっ」

　由奈の言葉に、わたしはぎこちなく笑った。

　正直、まだ万里くんのことを『好き』という感情は芽生えていない。

　わたしによくしてくれる、『親切な人』……という感覚だから。

　結局、由奈からは、失くした記憶に関することは聞けなかった。

　でもわたしたちは、日が暮れるまでたわいもない話をしたのだった。

　久々に、こんなに笑った。

　以前から、由奈以外の前では笑う機会は少なかったし、記憶を失くしてからはさらに笑顔が減った気がしていたから。

　新しい学校に友達がいなくたって、わたしには由奈がいる。

　由奈はわたしの一番の友達で、たった1人の大切な親友。

　わたしたちは、また次に会う約束をして別れるのだった。

ONE

　わたしが真神高校に入学して、早くも２ヶ月近くがたとうとしていた。

　梅雨も明け、すっかり夏に。

　季節は移り変わるけど、わたしと一之瀬くんの隣の席という関係は変わらなかった。

　結局、わたしにはこの学校でも友達ができないまま。

　普段の学校生活は、ほとんど１人で過ごしている。

　でも、それは一之瀬くんも同じ。

　たまに学校に来ても、だれかとつるむ様子はない。

　そして、ふらっと授業を抜け出してどこかへ行ってしまうのだ。

　その向かう場所とは、屋上。

　３年生の不良たちを追っ払って以来、ここが一之瀬くんのお昼寝の場所になっていた。

　だからわたしも、たまに気分で授業をサボっては、一之瀬くんのいる屋上へ行っている。

　べつに、なにか話すというわけではない。

　ただ、ごろんと寝転んでいっしょに空を見上げているだけ。

　そんな不思議な関係だ。

　会話がなくても、まるで空気のようで、そばにいても気にならない。

　それに2人でいるときは、一之瀬くんはいろんな表情を
見せてくれる。

　普段教室じゃ見せないような、笑った顔や驚いた顔を。

　少しずつ一之瀬くんの新しい一面を知れるような気がし
て、だからわたしも自然とここへ来てしまうのだろう。

「そろそろ終礼の時間だよね？　一之瀬くん、教室戻る？」

「ああ。向坂が戻るなら」

　わたしと一之瀬くんは6限が終わろうとする頃、いっ
しょに屋上を出た。

　もしかしたら、一之瀬くんはこの学校で唯一の『友達』
と呼べる存在なのかもしれない。

　一之瀬くんは、わたしのことなんてなんとも思っていな
いだろうから、わたしがただ一方的にそう思っているだけ
だけど。

　そんなことをぼんやりと考えながら、屋上からの階段を
下りていた。

　──そのときっ。

　……ズルッ！

「……きゃっ！」

　と、小さな声が漏れたときにはもう遅かった。

　一段目を踏み外したわたしの体は、10段以上はあるで
あろう階段の踊り場の上から真っ逆さまに──。

　あれ……？

　……落ちなかった。

「あっ……ぶねぇ」

　そんな声が耳元で聞こえて瞬時に振り返ると、すぐそば
には額から汗が流れる一之瀬くんの顔があった。

　なんと一之瀬くんは、階段を踏み外したわたしの体を、
後ろから抱きかかえてくれていたのだった。

「……ありがとうっ、一之瀬くん」

「のんきにお礼なんか言ってないで。俺がいたからよかっ
たものの、この高さから落ちたらケガだけじゃ済まなかっ
たって」

「う……うん、気をつけるね」

　……どうしよう。

　一之瀬くんと、こんなに密着したのは初めてだっ……。

　わたしを抱きかかえる一之瀬くんの腕の力が緩んだか
ら、すぐさま一之瀬くんから体を離した。

「足を滑(すべ)らせたのがわかったから、すぐに手を伸ばしたけ
ど……。マジでビビった。落ちるかと思って、冷や汗かい
たし」

　一之瀬くんの額から流れていた汗は、わたしを助けよう
と必死になったときに出た冷や汗だった。

「わ……わたしもっ。びっくりしたから、冷や汗が……」

　と言って、手でパタパタとあおいでみせる。

　だけど、わたしの汗は一之瀬くんのものとは少し違う。

　後ろから体を抱きかかえられ、吐息がかかるくらいの至
近距離で一之瀬くんの存在を感じて……。

　──思わず、ドキッとしてしまった。

　一見細身に見えるのに、筋肉で筋張った頑丈(がんじょう)な腕に包み

込まれて。

　とっさの行動で、わたしを助けてくれたことがすごくう
れしくて。

　この瞬間、わたしは『友達』以上の感情を一之瀬くんに
対して意識してしまった。

　そんな一之瀬くんに、後ろから抱きしめられたら──。

　違う意味で、冷や汗だって出てしまう。

「なんか顔赤いけど、……大丈夫？」

「だっ……大丈夫！　気のせいだよ……！」

　わたしは、とっさに顔を背けた。

　男の人に対して、こんなにドキドキしたのは初めてのこ
とだった。

　……いや。

　でも、よく考えてみたら……おそらく初めてではない。

　それは、わたしの記憶がないだけで、これまでも『彼氏』
に対しても、同じようにドキドキしたり胸がキュンとなっ
たことがあっただろう。

　わたしの彼氏──。

　そう、万里くん。

　わたしが目覚めてからは、そんな感覚はまだないけれど、
きっと以前は万里くんに優しくされたり、守られたりする
たびにドキドキしていたはずだ。

　わたしには、万里くんという立派な『彼氏』がいるとい
うのに──。

　……どうして、一之瀬くんにドキッとしてしまったのだ

ろうか。

　その答えを、このときのわたしはまだ知らない。

　でもきっと、夏休みに入ってしばらく一之瀬くんと会わ
なければ、この感覚も忘れてしまうことだろう。

　わたしは、そう思っていた。

　それから、数日後。

　周りは、もうすぐ夏休みということで浮かれ気分だ。

　しかしその反面、おだやかとはいえないある噂が、最近
女の子たちの間で流れていた。

「隣のクラスのユアちゃんも……やられたって」

「……えっ、ほんと!?　この前は、１年生のユウカってコ
じゃなかった!?」

「それだけじゃないよ。どうやら、他校でも被害にあう女
の子が続出してるんだって……！」

「えぇ〜……、怖いっ。なにが目的で、そんなことするん
だろう……」

　どうやらここ最近、ある特定の女の子が狙われ、とある
集団に攫（さら）われているのだそう。

　その集団の名前は、──『ＯＮＥ（ワン）』。

　わたしでも耳にしたことのある、有名な暴走族だ。

　たしか、全国で一番の強さを誇るとかで、おそらく『Ｏ
ＮＥ』の名前を知らない人はいない。

　しかし、どんな集団なのか、リーダーはだれなのか。

　そういった詳細はあまり知られていない、謎（なぞ）に包まれた

暴走族なのだ。

　ただ言えるのは、ＯＮＥのリーダー……。

　つまり総長は、恐ろしく喧嘩が強いということ。

　その拳で、ＯＮＥは全国一の暴走族にまで上りつめたんだから。

　『最強総長』と言っても過言ではないだろう。

　暴走族同士の抗争はあったとしても、一般人に危害を加えることはなかったＯＮＥ。

　しかしそれが、最近女の子を攫っているというのだから、周りの女の子たちは怖がっていた。

　聞こえてくる女の子たちの会話はＯＮＥのことばかりだから、わたしも自然とこの件については詳しくなっていた。

「せっかくの夏休みだっていうのに、これじゃあ気軽に出かけられない……」

「でも、たぶんアタシたちは大丈夫だよ」

「……なんでそんなことがわかるの？」

「だって、狙われる女の子には……ある共通点があるから」

　そう。

　ＯＮＥは、目についた女の子をだれかれ構わず攫っているわけではない。

　学校、年齢問わず、攫われる女の子に共通すること──。

　それは、『名前』。

　『ユア』、『ユウア』、『ユカ』、『ユウカ』、『ユナ』、『ユウナ』、『ユマ』といった名前の女の子が被害にあっているのだ。

　被害にあうといっても、みんな無事に帰されているらし

いのだけれど。

　だからこそ、ますますＯＮＥがなぜそんなことをするのかが不思議でならない。

　ＯＮＥの行動が気になるところではあるけど、わたしも名前が違うから、自分には関係ないと思っている部分もある。

　だけど、気がかりなことが……１つ。

　それは、親友の由奈だ。

　名前の漢字は違っても、実際に『ユナ』というコも攫われているらしいから、由奈も例外ではない。

　由奈には、念のために気をつけるようにと連絡はしておいた。

　でも他人事だと思っているのか、心配するわたしをよそに、あまりまともに取り合ってはくれなかった。

　そして、夏休みに入って少ししたら、いっしょに遊ぶ約束をしている。

　外に出かけるのは危ないんじゃないかと考えるわたしと違って、由奈は実に楽観的だ。

〈夜に１人で出歩くわけじゃないんだから、大丈夫だよ〜〉

〈さすがのＯＮＥだって、真っ昼間には襲ってはこないでしょっ〉

　と、昨日の電話で話していた。

　由奈がそこまで言うならと思い、わたしも２人でランチをするのを楽しみにしていたから、夏休みの予定は変更しないでおいた。

　そして、待ちに待った夏休みに突入し──。

　今日は、由奈と遊ぶ約束をしている日だ。

　気温は、36度超えの猛暑日。

　わたしは、爽やかなレモンイエローのマキシ丈ワンピースを着て、姿見の前に立った。

　このワンピースは、この前、万里くんと出かけたときに、わたしに似合うと言って、万里くんが買ってくれたものだ。

　万里くんとは、月に何度か２人で出かけている。

　映画を見たり、水族館に行ったり、ときにはカフェでまったりしたり──。

　いわゆる、デートというものだ。

『オレとの思い出は、これからまた新しく作っていけばいいじゃんっ』

　前にそう言ってくれた、万里くん。

　だから、以前のわたしとは出かけたことのない場所を巡ってくれているとかで。

　そして、この間……手を繋いだ。

　万里くんのバイクに乗って、夜景を観にいったときのことだ。

　……まだ万里くんのバイクに乗ることに、なぜか多少の抵抗はあったけど、なんとかそれを万里くんに悟られないように振る舞った。

　そして、目の前に広がる色とりどりの宝石がちりばめられたような美しい夜景を眺めながら、万里くんがそっと手を握ってきた。

　わたしの手なんて、すっぽりと包み込んでしまうくらいの大きな手。

　恥ずかしくて、わたしは顔が熱くなったのを覚えている。

　きっと頬も赤かっただろうけど、暗がりだから万里くんには気づかれていないはず。

　そのくらいのことで、顔を真っ赤にして恥ずかしがるなんて、……まるで恋愛したての中学生みたい。

　彼氏と彼女なら、手を繋ぐなんて普通のことなんだろう。

　だけど、万里くんと付き合っていた記憶がないからこそ、わたしにとっては新鮮で、ちょっぴり刺激的だった。

　でも、不意に手を繋がれてびっくりはしたけど……。

　……ドキッとはしなかった。

　一之瀬くんに後ろから抱きかかえられたときに感じた、あの感覚は──。

　万里くんに対しては感じなかった。

　そんなことを考えていたら、わたしのスマホが鳴ってハッとして我に返る。

　目を向けると、由奈からのメッセージだった。

【今から向かうよー！】

　それを見て、わたしもささっと髪を編み込んで後ろで束ねると、サンダルを履いて家を出た。

　地面がメラメラと揺れて見えるほどの暑い日。

　だけど、街には夏休みに入ったわたしと同じような学生の姿が多く見られた。

　目印となる噴水の前で、由奈と待ち合わせ。

「慈美～！」

　わたしが噴水の周りに集まる人混みの中でキョロキョロしていると、どこかからか声がした。

　辺(あた)りを見回すと、噴水のすぐそばの木陰にいる由奈を見つけた。

「……由奈！　ごめん、お待たせ！」

「てことで、友達が来たからバイバ～イ」

　わたしが由奈に駆け寄ると、由奈は2人組の男の子に手を振っていた。

「……あれ？　知り合い？」

「違う違う。単なるナンパ」

　どうやら由奈は、わたしが来るまでの間にあの男の子たちにナンパされていたらしい。

　由奈は黒髪美人だから、人混みの中にいたって自然と目立つ。

　今日の服装だって、デニムのミニスカにカーキのピタッとしたタイトなタンクトップ姿。

　シンプルではあるけれど、スタイルのいい由奈だからこそよく似合っている。

　ヒールの高いサンダルを履いた細くて長い脚(あし)は、その美しさに同性でも釘付けになるくらい。

　そんな由奈が立っていたら、声をかけないわけがない。

　わたしは、由奈ほど愛嬌(あいきょう)はないから反応が薄くて、声をかけられてもすぐに冷(さ)められる。

　だけど、この前されたナンパはなかなか引き下がっては

くれなかった。

　待ち合わせでその場にいただけなのに、わたしがどれだけ無視してもめげない。

　——しかし。

「お前、だれ？　オレの彼女に……なんか用？」

　少し遅れてやってきた万里くんの登場に、ナンパは一目散に逃げていった。

　万里くんの睨みと、Tシャツの袖から見えるガッチリとした筋肉質の腕を見たら、きっと一瞬にして戦意を喪失するに違いない。

　彼女のわたしですら、威嚇のための万里くんの睨みは怖いと思うのだから、それを真正面に受けるナンパはなおさら恐ろしく感じることだろう。

　だから、万里くんといっしょにいたら、ナンパされることは絶対にない。

　だけど、今は由奈と２人きり。

　何度か声をかけられたけど、目的地である服屋さんやレストランがたくさん入っている複合施設のビルの中へ、由奈とナンパをまくようにして入った。

　今日は、ここの中華レストランでランチだ。

　なかなか予約が取れないお店だけど、たまたま今日のランチの予約が取れたから、由奈と来るのを楽しみにしていた。

　わたしたちは、向かい合わせで座る。

「万里くんとは、あれからどう？」

「うん。変わらずだよ」

　お店で大人気の小籠包に頬が落ちそうになりながら、由奈とランチを楽しむ。

「このワンピース、前に万里くんがここで買ってくれたものなの」

「それ、かわいいと思ってたー！　慈美にもよく似合ってるし、万里くんってセンスあるね♪」

　由奈の言葉に、わたしはにこりと笑った。

　大丈夫。

　ちゃんと、万里くんとお付き合いができている。

　夏休みに入ってから、当たり前だけど一之瀬くんとは顔を合わせていない。

　階段での出来事で、一之瀬くんを意識してしまったということも、今思えばわたしの単なる気のせいだったのかもしれない。

　一之瀬くんと会わない日々が続くこの夏休みの間で、わたしはそんなふうに思うようになっていた。

「そういえば、万里くんの写真とかないの!?」

「写真？　あることはあるけど……」

「見せてー！」

　由奈がせがむものだから、この前の夜景のときの写真を見せた。

「……うわっ、めちゃくちゃイケメン！　しかもなんか大人っぽいし、同じ高校生とは思えない！」

「そうだね。なんだか、余裕があるというか──」

　とつぶやいて、わたしはふと疑問に思った。

　……あれ？

　そういえばわたし、万里くんの年齢……知らない。

　勝手に同い年だと思っていたけど、実際のところ何歳なのか、どこの学校に通っているのか……。

　これまでに、万里くんが自分について話したこともなかった。

　ただ、わたしの『彼氏』ということだけで。

　万里くんについての記憶をわたしが忘れているだけで、改めて話す必要もないと思われているのかな。

　彼女であるはずなのに、万里くんに関することはになにひとつ知らなかったことに、今さらながら気づいた。

「……どうかした？　慈美？」

「ううん……！　なんでもないのっ！」

　上の空だったのか、わたしを見て由奈が首を傾げている。

　万里くんのことを知らなくたって、万里くんは万里くんだよね。

　そう思い、わたしはあまり気にとめないようにした。

「そういえば、由奈は？　今は彼氏はいないの？」

「今はいないよー。この前別れちゃった♪」

　美人の由奈は、常に彼氏が絶えないイメージ。

　同じ学校だったときは、まるで花に吸い寄せられるチョウのように、男の子が由奈に集まっていた。

　でも、それが由奈にとっては悩みなんだとか。

　付き合ってはみるけど、結局長くは続かないと。

　　──実は由奈には、ずっと想いを寄せている人がいる。

　そんな話を中学3年生のときにされたのを覚えている。

　だけどその人とは、わけあって付き合えないんだそう。

　その人を忘れるためにだれかと付き合ってみるけど、やっぱりその想っている人と比べてしまい、うまくいかないらしい。

　一見、いろんなタイプの男の子と付き合っていそうな由奈だけど、1人の人に対して2年近くも片想いをしているという一途(いちず)な面もあるのだ。

　ランチも済ませ、お腹いっぱいになったわたしたちは、次はどこへ行こうかとビルを出た。

　ムワッと暑苦しい空気が一瞬にして体にまとわりつく。

「ねぇ、慈美。今からアイスって食べれる？」

「アイス？　食べれるよっ！」

　甘いものは、別腹だ。

「このビルの向こう側に、新しいアイスクリーム屋さんがオープンしたんだって。ほら、最近テレビでよく見るやつ」

「あっ！　知ってる！　わたしも行きたいと思ってたんだっ」

「じゃあ、決まりね！」

　わたしたちは、アイスクリーム屋さんへ向かった。

　途中、横断歩道で信号待ちをしていたとき──。

「そこのお2人さ〜ん！　これからどこ行くのっ!?」

　……またナンパだ。

　やれやれと、ため息をつきたくなる。

　横断歩道の信号が青に変わり、わたしと由奈はナンパを無視して渡った。

「ねぇねぇ、聞いてる!?　シカト……?」

　しかし、ナンパもしつこい。

　こちらから渡る人と、あちらから渡ってくる人の中に入り交じり、ナンパをまくようにしてわたしたちは速歩きをした。

　すると、横断歩道を渡りきって少し行った所で、前を歩いていた由奈が突然ピタリと立ち止まった。

　予想もしていなかった由奈の動きに、わたしは危うく由奈にぶつかりかけた。

「……どうかしたの?」

　なにもない所で止まるものだから、何事かと思っていると——。

　由奈の目の前には、わたしたちよりも頭１つ分ほど背が高い男の人が立っていた。

　金髪で、鼻や口にピアス。

　……見るからに、怖そうな人。

　そんな人がいきなり路地から現れ、由奈の行く手を阻んだため、由奈は急に立ち止まるしかなかったのだ。

「……おい、見つかったか?」

　すると、さらにもう１人、路地から男の人が現れた。

　この人も、耳にたくさんのピアスをつけていて強面で、関わってはいけない感じだとすぐにわかる。

「ああ、見つけた」

「この女が？」

「そうだ」

　そして、2人はじっと由奈を見下ろす。

「なっ、なに見てるのよ……！」

　由奈も負けじと、キッと睨み返している。

「あんた……"ユナ"だな？」

「だったら、なにっ？　あたしは、あんたたちなんて知らな——」

　と由奈が言うやいなや、急に男の1人が由奈の腕をつかんだ！

「……なにすんのよ!!　ちょっと！」

「いいから、こいっ」

　嫌がる由奈を無視して、暗い路地へ引きずり込もうとしている。

　その光景を目の当たりにして、わたしはとっさに体が動いた。

「……由奈を離してっ!!」

　由奈の腕をつかむ男の腕をつかんだ。

　しかし、わたしの力じゃびくともしない。

「なんだ、お前？」

「由奈の親友よ……！」

「親友だかなんだか知らねぇが、お前には関係ねぇ！」

「……関係あるっ!!　だれかわからない人たちに、わたしの大切な由奈を渡せない……！」

　怖い人たちに歯向かっているということも忘れて、この

ときばかりは由奈を助けるために必死だった。

　人通りが多い場所だったけど、少し路地へ入ったこの場所では、この騒ぎに気づいてくれる人なんてだれもいなかった。

　わたしが助けを呼びに行っている間に、きっと由奈は連れて行かれる。

　そうなることは安易に想像がついたから、由奈といっしょに抵抗することしかできなかった。

「……お前っ。いい加減、その手を離せ！」

「いや……！　あなたたちが由奈を離さないなら、わたしだって離さない！」

「……慈美っ」

　なんとか必死に、男の腕にしがみつく。

　何度振り払われそうになってもわたしが諦めないからか、男の1人がため息をついた。

「……もういい。だったら、お前もいっしょに連れて行くまでだ」

　そう言うと、すばやく後ろから目隠しをされた。

　そして、鼻と口を覆うように甘い匂いのする布を押し当てられたかと思ったら、急に眠たくなってきて──。

　わたしはそのまま意識を失った。

　──どれくらいたっただろうか。

　徐々に眠気が薄れてきて、わたしはゆっくりとまぶたを開けた。

　まだ、ぼやけて見える視界。

　だけど、ここが知らない場所だということはすぐにわかった。

　大きな木箱やダンボールが山積みの、少しほこりっぽい部屋。

　そしてわたしは、この部屋には似つかわしくない年季の入った赤い革ソファの上に横たえられていた。

　どうやら、あの甘い匂いを嗅がされたせいで気を失って、あの場からここに連れてこられたようだ。

　すぐそばには、わたしと同様に由奈が眠っていた。

「……由奈！　起きてっ！」

　幸い手足は自由だったため、由奈の体を揺さぶる。

「……んっ……」

　すると、由奈も目を覚ました。

「由奈、大丈夫……!?　乱暴なことされて、どこか痛かったりしない!?」

「……ん～っと。……たぶん大丈夫みたいっ。慈美が助けてくれたおかげだよ」

「そっか……。よかった……」

　由奈が無事だとわかって、ほっと胸を撫でおろす。

「……でも、ここってどこなんだろう……」

「わからない……。わたしもさっき目が覚めたところだから」

　不安げな表情を浮かべながら、２人で顔を見合わせる。

　スマホを確認したけど、……圏外だった。

　だから、だれかに助けを求めることもできないし、そもそもここがどこかもわからない状況だった。

　この部屋には窓は一切なく、出入り口は……ただ１つ。

　わたしたちがいるソファから真正面にある、古びたドアのみだ。

「……どうする？　慈美」

「どうしようか……」

　今の状態はよく理解できないけど、１つ言えることは、わたしたちは知らないだれかに連れ去られたということ。

　由奈は面識はないようだし、わたしだってあんな人たちは知らない。

　でも、彼らはなにか目的があってわたしたちをここへ連れてきた。

　となると、きっとそう簡単に逃がしてはくれないはず。

　あのドアにだって、きっと外側から鍵がかけられているに違いない。

　そう思いながらも、試しにドアノブをひねってみると──。

　……ガチャッ。

　なんと、いとも簡単にドアが開いた。

　だけど、そのドアの先になにがあるのかがわからない。

　だから、怖くてそれ以上ドアを開けることができなかった。

「……えっ、なになに!?　もしかして、開いてたの!?」

　後ろから様子を見ていた由奈が、慌てて駆け寄る。

「それなら、楽勝じゃん！　早くここから出ようよ！」

「……待って、由奈！　ここは慎重にっ──」

　と言ってみたけど、すでに遅かった。

　由奈はドアノブを握ると、勢いのままにドアを開けた。

　すると、開け放たれたドアの向こう側にあったのは……

壁。

　……いや、違う。

　わたしたちを見下ろす、男の人だった。

　この金髪の人……。

　わたしたちを連れ去ったうちの１人だ……！

「……なんだ。起こしに行こうと思ったら、もう目を覚ま

してたのか」

　そう言うと、両手でわたしたちそれぞれの片腕をつかん

だ。

「はっ……離して！」

「なにする気……!?」

　まさかドアを開けて、タイミング悪くちょうど鉢合わせ

するとは思っていなかった。

　わたしたちの抵抗も虚しく、引きずられるように男に連

れていかれる。

　狭い廊下を抜け、やってきたのは開けた場所。

　わたしたちを連れ去ったのは、男２人──。

　勝手にそう思い込んでいたけど、連れてこられた場所に

は、ぱっと見ただけでは数え切れないくらいの男の人たち

がわらわらといた。

　みんな似たような派手な頭や格好で、その光景に呆然と

する。

　男１人か２人だけなら、もしかしたら隙<ruby>すき</ruby>を突いて逃げられるかもしれない。

　そんな淡い考えは、あっという間に崩れ去った。

　他にこんなに仲間がいたら、……逃げられるわけがない。

　由奈も目の前に広がる圧倒的な人数に、口をポカンと開けている。

「ほらっ。さっさと前に進め」

　後ろから男に押され、無理やり足が一歩前に出る。

　ここは、どこ……。

　それに、この人たちは一体──。

　そう思っていると、わたしたちの所へ背の高い茶髪の男の人がやってきた。

　清潔感漂うシャツ姿に、横長レンズのメガネをかけている。

　周りにいる怖そうな人たちと違って、爽やかな印象だ。

「そんな乱暴なことをしたら、女の子たちが怖がるだろ？」

　その人は、わたしたちを連れてきた男に言っている。

「……すみません」

「仮にも、彼女たちは『客人』なんだから」

　茶髪の男の人のほうが偉いのか、後ろの男はペコペコと頭を下げている。

「あとはオレから説明するから、お前は下がっていいぞ」

「はいっ」

　怖そうな人たちの集まりだと思っていたけど、意外にも

優しそうな人もいることに驚いた。

「ごめんね。突然、こんな所に連れてこられたらびっくり
するよね」

「は……はい」

「立ち話もなんだから、ちょっとこっちに座ってくれるか
な」

　そう言って連れてこられたのは、部屋の真ん中に置かれ
ていた黒いソファ。

　座り心地はよかったけど、周りの人たちの視線が気に
なって、……正直居心地はよくない。

　茶髪の男の人は、すぐ近くにあった木箱の上に腰をかけ
た。

「紹介が遅れたね。オレの名前は、慶。こう見えて、ＯＮ
Ｅの副総長をしている」

　突然の自己紹介に、わたしと由奈は驚いて顔を見合わせ
る。

　ＯＮＥって、あの有名な暴走族の……『ＯＮＥ』!?

　謎に満ちていることから、都市伝説かただのひとり歩き
した噂とさえも思ったこともあったけど──。

　本当に、実在したんだっ……。

「じゃあ、……ここは」

「ＯＮＥのアジトだよ」

　ということは、ここにいる人たちは全員……ＯＮＥのメ
ンバー。

「あの……。さっき、わたしたちのことを『客人』って呼

82

んでいたのは、どういう——」

「……慈美！　あまり口をきかないほうがいいって！　なにされるかわからないよっ………」

「あ……うん。でも……」

　この慶という人は、なんだか信用してもいいような気がする。

　なぜなら、穏やかな口調でわたしたちを怖がらせないように気遣いながら話してくれているから。

　それに、周りのONEのメンバーだって、いきなりわたしたちを取って食おうなんて思っていないと思う。

　ちょっと強面でそう見えるだけで、きっとそれほど悪い人たちではないんじゃないかな。

　なんとなくだけど、そう思った。

「そうだね。ここに連れてきた理由について、キミたちの質問に答えよう」

　そうして、慶さんは話してくれた。

　慶さんは以前から、ある人物を探していた。

　でも、慶さん自身もそれがどんな人物なのかは把握していない。

　唯一の手がかりは、——『名前』。

　だから、その名前に似た人物をONEのメンバーで、手当たり次第に探すしかなかった。

　そうして、今回『客人』として連れてこられたのが——わたしたちというわけだ。

　……いや。

　正確には、由奈だ。

　わたしは、あまりにも抵抗するものだから、由奈といっしょに連れてこられた、ただの『おまけ』のようなもの。

「キミが、『ユナ』かい？」

「そ……、そうですけど……」

　慶さんは、由奈に目を向ける。

　『ユナ』という名前で思いつくのは、やっぱりあの噂だ。

　ＯＮＥが、『ユナ』、『ユカ』、『ユア』といったような名前の女の子を攫っているという。

　あの噂は本当のようで、それで今回狙われたのが由奈だった。

「でも、あたし……ＯＮＥに攫われるような心当たりなんてありませんよ？　そもそも、その『ユナ』ってだれなんですか？」

「『ユナ』は、オレたちＯＮＥのトップに立つ……総長が愛した女の名前なんだ」

　ＯＮＥの総長が……。

「オレたちは、総長が『ユナ』と呼んでいたということしか知らない。あとは、顔もなにも知らされていない」

「どうして？　副総長なら、その『ユナ』に会ったことくらいあるんじゃ……」

「どうやら、『ユナ』の正体が知られては困る事情があるらしい。他にわかることといえば、総長が周りには見せたくないくらい、『ユナ』を溺愛していた……ということくらいだ」

　ＯＮＥのメンバーや、副総長の慶さんでさえも正体を知らない──幻の姫『ユナ』。

　ずっと自分の手元に置いておきたいくらい、総長がその『ユナ』という女の子をかわいがっていたことは、慶さんの話からでもよくわかる。

「それで、『ユナ』という名の女の子を連れてきては確認してみたが、結局未だに見つかっていない……」

　だから、聞き間違いかもしれないと思って、『ユナ』と名前の響きが似た、『ユウナ』や『ユカ』や『ユア』といった名前のコも攫っていたのだと。

「だからって、あたしを連れ去るなんて……いい迷惑っ」

　由奈は、小さくつぶやく。

　慶さんやＯＮＥのメンバーがなにもしてこないとわかって、徐々に怯えていた由奈の態度が変わってきた。

「そもそも『ユナ』を探しているのなら、その総長から『ユナ』に連絡を取ったらいいだけじゃないの？　なんで、こんな手のかかることを──」

「それには、……そうできない"わけ"があるからだ」

「……"わけ"？」

「とにかく、まずはオレたちＯＮＥの総長に顔を合わせてもらいたい」

「それでここから帰してくれるなら、べつにいいけど……」

　面倒に巻き込まれたとすねる由奈に、慶さんはゆっくりと手を差し伸べた。

「それじゃあ、由奈さん。ちょっと前に来てくれるかな？」

　まるで、ダンスを誘うかのような紳士的な振る舞い。

　由奈はその誘いに乗るように、そっと手を添えた。

　ソファに座るわたしが見守る中、由奈は前のほうへと連れていかれる。

「総長。新たな『ユナ』という女性を連れてきました」

　そう言って慶さんは、床まで垂れ下がるくらいの長くて黒いカーテンの前でひざまずく。

　どうやら、あのカーテンの向こう側に……ＯＮＥの総長がいるようだ。

「……そうか」

　すると、中から声がした。

　わたしの位置からじゃ、やっと聞き取れたくらいのかすかな声。

　だけど——。

　なんだか、……どこかで聞いたことがあるような気がした。

　でも、そんなはずない。

　だって、あのカーテンの向こう側にいるのは、あの有名な暴走族ＯＮＥの総長。

　きっと、わたしなんかとは関わりのない、まったく知らない人。

　……そう思っていたのに。

「お前が、『ユナ』か……？」

　そう尋ねながら、仕切られた黒いカーテンを開けて姿を見せたのは——。

　なんと……わたしがよく知る人物だった。

　その『彼』は、クールで、無口で。

　他人には無関心そうに見えて、実はわたしのことをよく
見てくれていて。

　初めて会った気がしないくらい、自然体でいられて。

　いっしょにいても、心地いいくらい。

　唯一、転校した真神高校で——『友達』と呼べるような
気がした人。

　だけど、『彼』の体温に触れたとき……。

　わたしは意識してしまった。

　『友達』には抱いてはいけない、ある感情が芽生えよう
としたことに気づいてしまった。

　だから、夏休みに入って『彼』とは顔を合わせることが
なくなったから、この感情も徐々に薄れていくと思ってい
たのに——。

　わたしたちは、また出会ってしまった。

　思いもよらない、このような場で。

　だって、……だれがこんな展開を想像しただろうか。

　この辺りじゃ有名な、泣く子も黙る暴走族ＯＮＥの最強
総長が——。

　わたしの隣の席の、……一之瀬くんだったなんて。

　久しぶりに見る一之瀬くんの姿に、反応してはいけない
わたしの胸がドクンと鳴った。

　……どうしよう。

　胸の高鳴りが……抑えられない。

「総長。この『ユナ』という女性を見て、なにか心当たり
は……？」

　慶さんの問いかけに、ゆっくりと首を横に振る一之瀬く
ん。

「……わからない」

　表情は暗く、虚ろな目で視線を落とした。

　その反応を見て、慶さんは肩を落とす。

「実は……。総長はあることがきっかけで、『ユナ』の記憶
を失っているんだ」

　慶さんの突然の発言に、わたしは驚く。

　それってもしかして、……記憶喪失？

　わたしと……同じ。

　一之瀬くんが記憶喪失だったなんて今初めて聞かされた
けど、そういえば……これまでのことを振り返ったら──。

『１年のときは、もう少し取っつきやすい感じだったんだ
けどなー』

『だよなっ!?　もともと無口なほうだったけど、２年になっ
てからはさらに無口になって』

　転校初日、クラスの男の子がそんなことを言っていた。

　人が変わったようになってしまったのは、……記憶を
失ってしまったから？

　──それによく考えてみたら『ユナ』という名前につい
ては、前に一之瀬くんがわたしに話してくれた。

『『ユナ』は……。俺の大切な人の名前だ』

『そうなんだ。好きな人？』

88

『たぶん、この世で一番愛してた』

『『たぶん』……？』

『この世で一番愛していた』と言えるほどの人なのに、表現が曖昧なことが気になった。

　あのときは、てっきり『ユナ』という人はすでに亡くなってしまったのかな……と勝手に思っていた──。

　でも、そうじゃなかった。

　一之瀬くんは、ずっと『ユナ』を想っていた。

　『ユナ』という名前も、自分が愛した人だということもちゃんと覚えていた。

　ただ、思い出せないのが……ユナの姿。

　好きだったはずの人を思い出せないつらさは、わたしにもわかる。

　わたしも、万里くんの記憶が一切ない。

　優しくされても、「好きだ」と言われても、本当にこれでいいのかと不安に思うことが今でもある。

　だから一之瀬くんも、どこか孤独で、不安定で、なんだかわたしと似ていると思ったんだ。

　由奈の顔をぼんやりと見つめる、一之瀬くん。

　すると、ハッとしたように、目を大きく見開く。

「総長……!?　なにか思い出しましたか……？　もしかして、彼女が──」

「……いや、違う。そうじゃなくて。キミとは、たしか前に……」

　わたしといっしょにいるときに、一之瀬くんは一度由奈

に会っている。

　そのことに気づいたのだろうか、一之瀬くんの視線が
ゆっくりと由奈の後ろにいるわたしに向けられた。

「向坂……？　どうして、ここに？」

「……一之瀬くん」

　キョトンとして驚く一之瀬くんは、わたしがよく知る一
之瀬くんの顔に戻っていた。

　その声とその表情に、わたしの胸が再び反応する。

「……あっ。そうか、思い出した。……そういえばキミは、
向坂の友達だったよな」

　どうやら一之瀬くんは、由奈のことを思い出したようだ。

　そして、どこか落胆したようにため息をつく。

「慶、今回も人違いだよ。……それに、もう探す必要もない」

「……どうしてですか、総長!?」

　驚いて聞き返す慶さんに、一之瀬くんは笑ってみせる。

　だけど、その笑みは……見ていてとても切ない。

「これだけ探してもいないんだ。もしかしたら、『ユナ』は
実在しない……俺が作り上げた架空の人物なのかもしれな
い。今は、幻とさえ思っている」

「……そんなわけありません！　じゃなきゃ、総長が夜な
夜な『ユナ』の名前を呼んで、うなされるわけが――」

「それに、もし本当に『ユナ』がいるのなら、とっくに俺
に会いに来ているはずだ。それがないってことは、俺はも
う必要ないか、そもそも『ユナ』は実在していなかったと
いうことだ」

　……一之瀬くんの言うとおり、もしわたしがその『ユナ』だったら、きっと自ら一之瀬くんに会いに行くはずだ。

　おそらく『ユナ』は、記憶を失くした一之瀬くんとは、この間連絡が取れていないのだから。

　だったらやっぱり、『ユナ』は一之瀬くんの記憶の中だけの――幻の存在？

「とにかく、もういいんだよ。早く２人を解放しろ」

　食い下がる慶さんに対して、一之瀬くんはまるで切り捨てるように言い放つ。

　その迷いのない言葉に、慶さんは折れるしかなかった。

「は……はい」

　でも、きっと慶さんは納得していない。

　一之瀬くんのために、『ユナ』を探し出したいはずだ。

『……そんなわけありません！　じゃなきゃ、総長が夜な夜な『ユナ』の名前を呼んで、うなされるわけが――』

　あの必死な慶さんの姿を見たら、よくわかる。

　一之瀬くんが『ユナ』を探すように指示したのではなく、うなされる一之瀬くんを見かねて、慶さんやＯＮＥのメンバーが総長のために『ユナ』を探しはじめたんだと。

　だけど、総長である一之瀬くんに必要ないと言われてしまっては、それに従うしかないのだ。

　一之瀬くんはゆっくりと歩き出すと、わたしの所までやってきた。

「まさか、こんな所で向坂に会うことになるとはな」

「そ……そうだね」

　一之瀬くんは一之瀬くんなんだけど、制服ではない黒の
シャツを羽織っているせいか、いつにも増して大人っぽく
見えてしまう。

　本当に、あの一之瀬くんかと二度見してしまうほど。

「……悪かった、向坂。俺の仲間が、面倒に巻き込んで」

「ううん……、わたしはいいの」

　でも、真っ先にわたしに謝りに来てくれるところが、い
つもの優しい一之瀬くんだ。

「それに、ここにいるみんなが、一之瀬くんが前に話して
た『仲間』……だよね？」

　転校初日、屋上で午後の授業をサボったときだ。

　お互いに、『家族がいない』という話になって——。

『物心ついたときから、『家族』っていう存在はいなかった。
でも、『仲間』ならいる』

『仲間……？　いいね。絆が深そう』

『ああ。俺にとっては、あいつらが『家族』だからっ』

　あのときの一之瀬くんの表情が今でも印象的で、きっと
信頼している温かい仲間がそばにいるのだろうなと思って
いたけど——。

　少しでも助けになればと、一之瀬くんのために『ユナ』
を探す、真面目で熱い仲間が……このＯＮＥのメンバーだ。

「初めは、突然のことでびっくりして少し怖かったけど、
みんな一之瀬くんのことを大事に思っている優しい人たち
だね」

「多少、手荒で乱暴なところはある。……そこは、総長の

俺が謝罪する。でも、悪いヤツらじゃないから許してほし
い」

「うんっ。わたしは大丈夫だよ」

　わたしが一之瀬くんと知り合いだと知って、わたしたち
を連れ去った男の人たちが謝りに来てくれた。

　「総長の知り合いだとわかっていれば、手厚くもてなし
たのに申し訳ない」と。

　あまりにも必死に謝るものだから、なんだかおかしくて。

　それに、わたしはただのおまけ。

　わたしよりも、あのとき怖い思いをしたのは由奈のほう
だったに違いない。

「由奈！　この人たちもこう言ってくれてることだし、そ
ろそろここから──」

　と由奈に声をかけてみたけど、……反応がない。

「向坂。外まで案内するから」

「……あ、うん。でも、由奈がっ……」

　由奈は、ぼうっと一之瀬くんを見つめているだけ。

「……由奈？　行くよ？」

　呆然と突っ立っている由奈に駆け寄って肩を揺すろうと
したら、なぜかその手を振り払われた。

　そして、由奈は走り出す。

　あまりにも突然の行動にわたしは驚いて目で追うと、由
奈は一之瀬くんの元へ一直線に走っていった。

　由奈のことだから、てっきり勘違いされて攫われた文句
でも言いに行ったのかと思った。

　——だけど、違った。

　由奈は止まることなく一之瀬くんの元へ行くと、その広い背中に手をまわした。

「……彪雅っ。ずっと会いたかった」

　そう言って一之瀬くんを抱きしめ、胸板に顔を埋める由奈。

　おそらく、この場にいるだれもがこの展開を予想していなかった。

　由奈に突然抱きしめられ、一之瀬くんも驚いた表情を見せている。

「まさか、彪雅がこんなことになってるなんて思ってなくて……。会いに来るのが遅くなって……本当にごめんっ」

　状況が把握できていない一之瀬くんだったけど、慶さんを含めた周りのＯＮＥのメンバーは、『まさか』というふうに顔を見合わせている。

　……わたしも、その『まさか』と思ったうちの１人だ。

　なぜなら、由奈には一之瀬くんを紹介したことはあったけど、下の名前までは教えていない。

　なのに、『彪雅』と言って抱きしめた。

　知らないはずの、一之瀬くんの名前を知っている。

　そして、『ユナ』という同じ名前。

　もしかして、一之瀬くんが記憶を失くしてしまっていて、ＯＮＥのメンバーが探し求めていた『ユナ』という幻の姫の正体は——。

　……由奈……!?

禁断のキス

あのあと由奈は、ＯＮＥのアジトに残ることとなったため、1人で帰ることになった、わたし。

由奈が一之瀬くんと以前に付き合っていたなんて、これまで聞かされたことがなかった。

だけど、一之瀬くんを紹介した──あのとき。

『……どうしたの？　そんな顔して』

『……えっ!?　……えっ……と。……一之瀬……くんっていうの？』

『うん。わたしの隣の席なの』

『そ……、そうなんだ……』

由奈は明らかに動揺した様子だった。

そのあと、一之瀬くんと知り合いかと尋ねたけれど、由奈は『知らない』と言い張った。

今思えば、あのときの由奈の言動が引っかかるけど……。

となると、わたしが知らなかっただけで、やっぱり由奈は一之瀬くんの彼女の──『ユナ』？

もし、本当にそうなら……、うれしい。

『ユナ』を想う、一之瀬くんの切ない表情を知っているから。

……だけど。

2人の再会を喜びたいはずなのに、なぜか素直に喜べない自分がいる。

　由奈が一之瀬くんを抱きしめる姿が、ずっと頭の中に鮮明に残っている。

　そして思い返すと、胸が痛いくらいにキュウッと締めつけられる。

　……どうして、こんなに胸が――。

　わたしは服を握りしめるように胸を押さえると、そのままベッドの上のまくらに顔を伏せた。

「……慈美？　体調でも悪いのか？」

　そんな声が聞こえて、ハッとして顔を上げる。

　そこにいたのは、心配そうにわたしを見下ろす万里くんだった。

　万里くんから会いたいと連絡がきたので、こうして夕方からわたしの部屋に来てもらっていた。

「……ううん。なんでもないの」

　万里くんの顔を見たら、罪悪感で胸の痛みも引いていった。

　わたしには、万里くんがいるのに……。

　なんでこんなときに、一之瀬くんのことを。

　わたしは、悟られないように笑ってみせる。

　でも、万里くんにはそれが空元気だとバレバレだった。

「無理して笑わなくてもいいから。なにかあるなら、オレに言ってみな？　彼氏なんだから」

　万里くんは、わたしと隣になるようにベッドに腰かけると、優しく頭を撫でてくれた。

「うん、……そうだね」

　万里くんに、一之瀬くんのことは話せない。

　でも、由奈のことなら──。

「……わたしの友達の話なんだけどね」

　わたしは、自分のことをとある友達の話として万里くんに話してみた。

「そのコには、昔からの親友がいるんだって。なんでも話せる仲らしいんだけど、その親友に実は彼氏がいるってことを最近知ったみたいで──」

　その彼氏というのが、そのコが少し前から気になっていた人だった。

　親友と彼氏が仲よくする姿を見るのがつらくて、どうしたらいいのかわからない……と。

「その慈美の友達っていうのは、彼氏がいたことを話してくれなかった親友に、裏切られたって思ってるのか？」

「ううん、そうじゃないの。親友は今まで長続きしない恋ばかりしてきたから、彼氏がいたと知って少し安心した部分はあるの」

　仮にも、わたしは由奈の幸せを願っている。

「それで、気になってた男の子は、だれかをずっと想っていたみたいなんだけど、それがそのコの親友のことだったの」

　一之瀬くんが『ユナ』と再び会うことができて、「よかったね」って言ってあげないといけないはずなのに……。

「2人が結ばれたと知って、喜ぶべきなんだろうけど──」

「すでに、その慈美の友達は、親友の彼氏のことを好きに

なってたってことなんだな」

　腕を組んで考え込む万里くんの言葉に、わたしはあからさまに動揺してしまった。

「す……、好き……!?」

「だって、そうだろ？　話聞いてたら、それってもう『好き』ってことじゃん」

　……好き……。

　わたしが、一之瀬くんのことを……。

　階段を踏み外して助けてもらったときから、……気にはなっていた。

　友達以上の想いが芽生えたのも、たしかだ。

　それが、夏休みに入って会わなくなって、ようやくその想いが薄れてきたと思っていたのに――。

　また再会して、そして由奈とのあんな場面を見せつけられたら……。

　嫌でも意識してしまう。

「そのコも悩んでるの。親友のことは大切だし、その彼氏とずっと幸せでいてほしいんだろうけど……」

　だけど、突然のことで気持ちがついていけない。

　まさか、『ユナ』が『由奈』だったなんて、想像もしていなかったから。

　すると万里くんは、思いもよらないことを口にした。

「オレだったら、力づくでも奪うけどな」

　そう言って、万里くんの口角が上がる。

「だって、好きになったのなら仕方ないだろ？　親友には

悪いけど、オレなら自分の気持ちのままに動く」

『奪う』……という発言にはびっくりしたけど、なんだか万里くんらしいとも思った。

「……フフッ。万里くんは素直だね」

「『好きなものは、どんな手を使っても奪う』…それがオレのモットーだから」

人それぞれだから、そういう考えもあったっていいのかもしれない。

……わたしには、そんなことはできないけど。

「だからさ……。もうその友達のことで、慈美が気を落とすことないだろ?」

「……そうなんだけど。でも、気になっちゃって……」

「慈美が元気じゃなかったら、……こっちが心配になる」

「ごめんね。べつに、万里くんに迷惑かけるつもりじゃ——」

と言いかけたとき、わたしの顎に……そっと万里くんの手が触れた。

視線を上げると、すぐ目の前には万里くんの切なげな表情が。

「……万里……くん……?」

「いいから、黙って目を閉じて」

伏し目がちな万里くんの色っぽい顔が、徐々に近づいて来る。

——この状況。

わたしにだってわかる。

今から、キスされるんだって。

　万里くんとわたしは、彼氏と彼女。

　以前は、キスだってしていたことだろう。

　このまま身を委ねれば、きっと万里くんは優しいキスを
してくれる。

　だけど——。

　……わたしは、それを受け入れることができなかった。

「……ちょっと待って、万里くん」

　万里くんの胸板に手をついて、万里くんを引き離した。

「どうした……慈美？」

「……ごめん。その……、まだ……キスは……」

　できない。

　なぜだかわからないけど、わたしは万里くんを受け入れ
ることができなかった。

「……慈美。オレとは、キスできないってこと……？」

「ごめん……。まだ、心の準備が……」

「オレたち、ずっと付き合ってたんだぞ？　それに、慈美
が目を覚まして、もうずいぶんたつっていうのに」

「……本当にごめんなさい。でもキスじゃなくても、万里
くんからの想いはいつも伝わって——」

「意味わかんねぇ」

　万里くんはため息をつくと、ベッドから立ち上がった。

「シラけたから、今日はもう帰るわ」

　それだけ言うと、万里くんは部屋のドアを荒々しく閉め
て出ていってしまった。

　……万里くんを怒らせてしまった。

当然だ。

キスを断ってしまったのだから。

万里くんに、触れてほしくないというわけではない。

だけど──。

今はまだ、……万里くんとはキスできない。

わたしの体が、そう言っているような気がする。

キスを拒否したことが、よほど万里くんの心を傷つけてしまったのか、それから万里くんはわたしの部屋に来なくなった。

頻繁にあった連絡も……、今はほとんどない。

わずかなメッセージのやり取りだけでも、万里くんとの気まずい状態が続いていた。

夏休みは無駄にあっという間に過ぎていき──。

いよいよ、明日から新学期の始まりという……夏休み最後の日。

その日は、由奈と会う約束をしていた。

由奈に会うのは、ＯＮＥに攫われたとき以来だ。

あれから、一度も会えていなかった。

どうやら、一之瀬くんにつきっきりだったとかで。

そんな内容のメッセージが来たことがあったから、なかなか誘えずにいたのだ。

「慈美、久しぶり！」

「……あ、うん。久しぶりだね、由奈」

由奈の雰囲気は、まったく変わっていなかった。

　わたしたちは、近くのカフェでお茶することにした。

　ここは個室になっていて、２人だけでゆっくり話をすることができる。

「ごめんね。なかなか会えなくて」

「ううん、こちらこそごめんね。由奈、いろいろと忙しいのに……」

「そうなの。あたしがいないと彪雅が寂しがるからって、ＯＮＥのみんなに呼び出されたりしてさ」

「そう……なんだ」

　由奈の話からすると、この夏休みの間に、ずいぶんとＯＮＥのメンバーと親しくなったようだ。

「あたしの身になにかあったらいけないって、ちょっとそこまで出かけるときも、夜は１人じゃ外出させてくれないの」

　ＯＮＥにとって、由奈は総長である一之瀬くんの『姫』。

　ようやく見つけ出すことができたのだから、由奈の身の安全を守ることは、ＯＮＥ全体の役目なのだろう。

　由奈は、ありがた迷惑というふうに話すけれど、その表情はどこかうれしそうだ。

「……そういえば、由奈っていつから一之瀬くんと付き合ってたの？　わたし……全然知らなかったから、びっくりしちゃった」

「ああ、そうだよね。言ってなかったよね。慈美は親友だから、正直に話すけど……」

　由奈はそうつぶやいて、わたしに顔を近づけた。

　そして、口元に人差し指を立てる。

「これから話すこと、……絶対に彪雅やONEのみんなには言わないでねっ」

　そうして、わたしに念押しした。

　由奈は、一之瀬くんとの関係を話してくれた。

　でも、それは衝撃的な内容だった。

「実はあたし、彪雅やONEが言う……『ユナ』じゃないの」

「……えっ……」

　わたしは、思わず言葉を失った。

　……由奈が。

　あの『ユナ』じゃない……!?

　聞くと、由奈は数年前に偶然一之瀬くんと知り合った。

　そして、初めて会ったときに一目惚れ（ひとめぼ）してしまったんだそう。

「……それじゃあ。由奈がずっと想いを寄せていたけど、わけあって付き合えない人っていうのが……」

「そう。彪雅だったの」

　本当に好きな人のことを忘れるために、いろんな人と付き合っていた由奈。

　だけど、結局忘れられないくらい由奈が好きな人なんて、どんな人だろうとは思っていたけど――。

　それが……、一之瀬くん。

「だから、慈美の学校まで会いに行ったとき、そばに彪雅がいてびっくりしちゃった……!　まさか、あんなところで再会するとは思ってなかったからっ」

　これで気がかりだった、あのときの由奈の言動の謎が解けた。

『そういえば、さっき一之瀬くんの顔を見て……驚いていたけど。もしかして、由奈の知り合い？』

『……ううん、知らない。初めて見た』

　本当は以前から知っていたけど、あまりにも突然のことだったから、とっさに『知らない』と言ってしまったらしい。

　それで、ONEに攫われた際に、一之瀬くんが記憶喪失ということを初めて聞かされた。

　自分は、一之瀬くんやONEが探していた『ユナ』ではないけれど——。

　一之瀬くんが『ユナ』を求めて、夜な夜なうなされているという慶さんの話を聞いて、いても立ってもいられなかった。

　だからあの場で、自分が『ユナ』の代わりになろうと思ったんだそう。

　すべては、一之瀬くんのため。

「でもそれって……、一之瀬くんやONEのメンバーに嘘をついてることになるんじゃ……」

「そうだよ。あたしはしょせん、『偽りのユナ』。でもね、それでも彰雅はあたしを求めてくれるの」

　……それは、そうだよ。

　だって、一之瀬くんには『ユナ』の記憶がないのだから、由奈が『ユナ』だと言い張ったら、それを信じるに決まっ

ている。

「それに、きっと本物の『ユナ』は現れない」

　小さくつぶやく由奈。

「……どうして、そんなことがわかるの？」

　わたしがおそるおそる尋ねると、由奈は我に返ったのか、ハッとして表情を戻す。

「あっ……ううん！　なんとなくそう思っただけ！」

「そう……なの？」

　それにしては、どこか核心をついたような言い方だったけど……。

「だって彪雅も言ってたけど、いつまでたっても『ユナ』が現れないこと自体、おかしいでしょ？　きっと、彪雅が頭の中に描いた幻だったんだよ」

　だから、『ユナ』は現れない。

　それなら、好きな人が求める『ユナ』になることに、由奈は決めた。

「……たしかに、彪雅たちには嘘をついてることになる。でも、これは『善意』だよ。あたしはただ、彪雅を『救済』したいだけっ」

　由奈は、ずっと想っていた一之瀬くんと付き合えた。

　一之瀬くんは、由奈を『ユナ』だと思っている。

　由奈が『偽りのユナ』だとバレない限り、すべてがうまくまわる。

　──でも。

　由奈が本物の『ユナ』じゃないと聞かされて、わたしの

胸の中はさらにかき乱された。

　一之瀬くんは由奈を『ユナ』だと思い込んで、甘い言葉を囁いているの……？

　その手や指先で由奈にそっと触れて、優しいキスを何度も落としているの……？

　そんなことを考えたら、頭の中がぐちゃぐちゃになりそうだった。

「だから、このことは絶対にヒミツね」

「う……うんっ。……だれにも話さない」

　わたしは、ぎこちなく笑ってみせるしかなかった。

「そうだ！　このあと、彪雅に会いに行く約束をしてるの。慈美も来る？」

「……えっと。どこに？」

「ONEのアジトだよ。ONEのみんなも、あたしの親友の慈美なら大歓迎って言ってくれてるんだ」

「あ……、……うん」

　わたしは由奈に言われるがまま、いっしょについて行くこととなった。

　ONEのアジトは、寂れた繁華街を通り過ぎ、人通りのなくなったシャッター街の路地を進んだ先にある。

　──人の手が離れてもうずいぶんとたつ寂れた建物の地下。

　ONEのアジトから1人で帰らされたときはそれどころじゃなくて、道順を覚える余裕なんてなかった。

　でも、迷うことなく進む由奈を見ていたら、もうそこが

行き慣れた場所だということがわかる。

　由奈がさびついたドアを開けると、そこには以前見たことのある空間が広がっていた。

　ＯＮＥのメンバーが思い思いにくつろいでいる部屋だ。

「由奈さん！　お帰りなさい！」

　由奈の姿を見つけるなり、すぐにあいさつをするメンバー。

　由奈はすっかり、ここの姫だ。

「もしかして、後ろにいるのは由奈さんの親友の……」

「慈美だよ。前に一度、ここへ来たことがあるでしょ？　失礼なことしちゃダメだからねっ」

「わかってますって！」

　大勢の人が集まる場所に慣れなくて、わたしはペコペコと頭を下げて、由奈のあとをついていく。

「由奈さん！　……それに、慈美さんまで！」

　部屋の奥にいたのは、慶さんだった。

　慶さんは、わたしの名前まで覚えてくれていた。

「彪雅は？　いる？」

「はい。この奥に」

　そう言う慶さんの視線の先――。

　そこは、黒いカーテンで閉ざされていた。

　わたしたちがここへやって来たときも、この黒いカーテンの向こう側から一之瀬くんが現れた。

　おそらくこの先は、総長専用の部屋なんだ。

　それにもかかわらず、由奈はカーテンを少しだけ開ける

　と、勝手に入っていってしまった。

　だから、その姿に一瞬驚いた。

　……でも、今ではこれが普通なのかもしれない。

　おそらく、この部屋に入っていいのは、総長である一之瀬くんと、それを許されたメンバー。

　そして、……姫である由奈だけだ。

「慈美、入っておいでよ！」

　わたしがカーテンの前で立ち止まっていると、中から由奈の声が聞こえた。

　そばにいた慶さんに目をやると、微笑みながら頷いてくれた。

「お……お邪魔します」

　わたしは、おそるおそるカーテンに手をかけ、中を覗き込んだ。

　カーテンの向こう側は思っていたよりも広く、ガラスのテーブル、ソファといった黒で統一された家具が並んでいた。

　そして、部屋の片隅には、黒色の寝具で揃えられたベッドが。

「もしかして、今起きたとこ〜？」

「……ああ」

　そこには、ベッドに腰掛ける一之瀬くんに寄り添う由奈の姿があった。

　まるで、そのままキスしてしまうんじゃないかと思うくらいの……密接な距離。

とっさに、目をそらしてしまいたくなる。

「……あれ？ 向坂……？」

　すると、寝起きの一之瀬くんが、部屋の端でぽつんと佇（たたず）むわたしに気づいた。

「さっきまで会ってたの。せっかくだから、いっしょに来ようと思って」

「そうか。久しぶりだな、向坂」

「う……うんっ」

　一之瀬くんは、いつものように微笑みかけてくれているのに──。

　その笑顔に、素直に応えることができなかった。

『一之瀬くんは、もう由奈のもの』

　そう思ったら、部外者のわたしが立ち入ってはいけない気がした。

「とりあえず、そんなところに突っ立ってないで、そこ座れよ」

　一之瀬くんが『そこ』と指したのは、黒い長ソファのことだった。

「慈美、遠慮しないで座って座って！」

　由奈にも促（うなが）され、わたしは遠慮がちに、言われたとおりにソファに腰を下ろす。

　よく知りもしない空間にいることに、まるで借りてきた猫のようにその場で固まる。

　そこへ、由奈と一之瀬くんもやって来た。

　由奈はわたしの隣へ、一之瀬くんはわたしと向かい合わ

せになるようにして座る。

「久しぶりって言っても、そういえば明日から新学期だったよな」

「……そうだね」

「彪雅って、学校とか真面目に行かなそうに見えるけど」

「べつに、勉強は嫌いじゃねぇよ。ただ、行くか行かないかはその日の気分次第」

　と言いつつ、ほとんどの授業をサボっていることは知っている。

　それに、まるで猫のように気まぐれで、屋上でのひなたぼっこが好きなことも知っている。

「へぇ、そうなんだ。でも、明日から心配だなぁ……」

「なんで、由奈が心配する必要があるんだよ？」

「だって、彪雅って絶対モテるでしょ。あたしは学校が違うから、他の女子が彪雅を狙ってても気づけないし……」

「そんなことねぇよ。モテた試しがないから、いらない心配だな」

　……たぶん、わたしが見ている感じでは、一之瀬くんはモテている。

　クールで一匹狼だから話しかけづらい雰囲気が漂っているだけで、きっと一之瀬くんに想いを寄せている女の子は多いはず。

「だから、慈美！　彪雅に近づこうとする女子がいないか監視よろしくね♪」

　そう言って、わたしにウインクしてみせる由奈。

　由奈は、わたしは絶対に一之瀬くんのことを好きにならないとでも思っているのだろうか……。
「そうだ、由奈。向こうから、なにか飲み物取ってきてくれるか？　向坂の分と」
「わかった！　ちょっと待っててね」
　由奈ははりきった様子で返事をすると、カーテンの向こう側へ行ってしまった。
　このアジトを知り尽くしているかのような由奈のふるまいと、それをわかって由奈に用事を頼む一之瀬くん。
　それは……恋人同士のやり取りというよりも、なんだか夫婦のように見えてしまった。
「ゆ……由奈と、仲いいんだねっ」
「……由奈と？　そんなふうに見える？」
「うん。だって、由奈は一之瀬くんに献身的だし、一之瀬くんも由奈を信頼しているみたいだし、なんだか見ていてお似合いだなぁって」
「そうかな……。俺にはよくわからねぇ」
　一之瀬くんは、眉を下げて困ったように笑う。
「正直、俺には『ユナ』が『由奈』だったという記憶がない。だから、探り探りというか……」
　由奈は、たとえ『偽りのユナ』であっても、一之瀬くんの彼女であることに幸せを感じている。
　それは、由奈を見ていればすごくわかる。
　でも一之瀬くんは、まだ今の状況に戸惑いを見せていた。
「由奈が『ユナ』と言う以上、そうなんだろうけど……。

由奈との記憶を思い出せないから、まだなんとなく……由奈はただ俺に『優しくしてくれる人』としか思えなくて」

　一之瀬くんのその話を聞いて、わたしと重なった。

　──同じだ。

　わたしが、万里くんに抱いている思いと。

「メンバーは『ユナ』が見つかって大喜びだから、由奈をここへ置いてはいるが……。本当にこれでいいのかは、俺にもわからない」

　しかし、優しい一之瀬くんが、こんなことを直接由奈に言えるわけがなかった。

　だから、由奈が席を外しているこのわずかな時間に、わたしに打ち明けたんだ。

　その一之瀬くんの胸の内を知ってしまったら──。

　思わず、口をついて出てしまいそうになってしまう。

『実は由奈は、本当の『ユナ』ではない』……と。

　……だけど、言えない。

『だから、このことは絶対にヒミツね』

　由奈と約束したから……。

　一之瀬くんにかけてあげる言葉が見つからず、わたしたちの間に沈黙が流れる。

　この場の空気に耐えられなくなったわたしは、そばに置いていたバッグを肩にかけた。

「一之瀬くん。わたし……、帰るね」

「え……、もう？」

　正直、このままここにいれば、わたしは由奈の嘘をつき

通せる自信がない。

　口を滑らせる前に、早くここから出ていかないと……。

「じゃあ、また明日学校で——」

「……待てよ、向坂！」

　ソファから立ち上がろうとしたわたしの手を、一之瀬く
んがつかんだ。

「なんだかお前、さっきから変だぞ。よそよそしいっつーか、
なんつーか」

「……そんなことないよ」

「あるよ。ここへ来てから、一度も俺と目を合わせようと
しねぇし」

　そんなの、……合わせられるわけがない。

　一之瀬くんの吸い込まれそうな瞳を見たら、押し殺そう
としていた想いが……溢れ出しそうで。

「……向坂。お前、俺のこと……避けてるだろ？」

　核心をつく一之瀬くんの言葉。

　わたしは、なにも言えずに俯くしかなかった。

「俺、……向坂になにかした？　メンバーがここへ無理や
り連れてきたこと、まだ怒ってる……？」

　その問いに、わたしは首を横に振った。

　……そんなんじゃない。

「じゃあ……俺がONEの総長だって知って、引いた？」

　その問いに対しても、わたしは首を横に振った。

　一之瀬くんがどこのだれであろうと、そんなことで一之
瀬くんを避けたりなんかしない。

「じゃあ──」

　そう一之瀬くんが言いかけたとき、突然部屋の明かりが消えた。

　真っ暗闇がわたしたちを包み込む。

「……キャッ！　なに!?」

「なんだなんだ……!?」

　向こうの部屋からも由奈の小さな叫び声と、ＯＮＥのメンバーの困惑する声が聞こえる。

「停電……かもな。まぁ、すぐに元に戻るだろ」

　暗闇から聞こえる一之瀬くんの声は、至って冷静だった。

　おそらく一時の停電だろうし、すぐにまた明かりがつくことだろう。

　──でも、そうなれば。

　また、一之瀬くんと顔を合わせることとなる。

　だったら、この暗闇に乗じて──。

「……一之瀬くん。わたし、急いでるからもう行くね」

「行くって……。こんな暗い中、どうやってここから帰るっていうんだよ!?」

「大丈夫っ。スマホの明かりがあるから、それで──」

「だから、待てって。今は、無闇やたらに動かないほうがいいって」

　と、近くで一之瀬くんの声がして、突然腕をつかまれた。

　それに驚いて、立ち上がっていたわたしはなにかに足をつまずいて、そのままバランスを崩し──。

「……きゃっ」

　まるで、闇の中に真っ逆さまに落ちるように、わたしは
暗い部屋の中で床に倒れ込んでしまった。

　背中には、ひんやりとした硬い床。

　体を少し打ったけど、……大丈夫そう。

　起き上がろうと、上半身を少しだけ起こした。

　──そのとき。

　唇に、……柔らかいなにかがかすかに触れた。

　ドキッとして、わたしはとっさに顔を引いた。

　その拍子に、後頭部を床にぶつけてしまった。

　痛みに顔をしかめるが、……それどころじゃない。

　もしかして……わたし、……今、一之瀬くんと……。

　わたしの胸の中で、薄れかけていた一之瀬くんへの想い
が、再燃しようとしていた。

　胸の鼓動が速くなり、顔が熱くなる。

　今のこの状況に戸惑いを隠せないわたし。

　そんなわたしの唇に、また……柔らかいものが触れた。

　わたしから触れたのではなく、『降ってきた』という表
現が正しい。

　さすがのわたしも確信する。

　これは、──キスだと。

　暗闇でなにも見えないのをいいことに、何度も何度もキ
スが降ってくる。

　と同時に、わたしの上にだれかが覆いかぶさっているこ
とにも気がついた。

　この部屋で、わたし以外の人物は……1人しかいない。

「まっ……て！　一之瀬くん……！」

　わたしは小さく叫んだ。

　しかし、返事はない。

　きっとわたしが床に倒れ込んだ際に、一之瀬くんもいっしょに巻き込んでしまったんだ。

「一之瀬くん……、いったん体を起こして──」

　と言うわたしの言葉も無視して、その無防備な唇にキスを落としてくる。

　まだ暗闇に目が慣れていないせいか、わたしの唇を探るように、噛みつくように。

　息をするのも苦しいくらい。

　元はといえば、初めにわたしが体を起こしたせいで、たまたま唇が触れてしまったのかもしれない。

　でも、どうして一之瀬くんが、急にこんなことをしてくるのかがわからなかった。

「ちょっと待って……、一之瀬く──」

「無理。止まんねぇ」

　耳元で囁かれる一之瀬くんの低い声に、電流のような甘い痺れが背中を走る。

　わたしたちは、『友達同士』。

　それに、一之瀬くんには由奈がいる。

　こんなキス……、いけないはずなのに。

　抵抗するわたしの手をつかまえ、指を絡め、床に押し付ける。

　そして、なおも甘いキスを続けられたら──。

　頭がクラクラしてきて、どうにかなってしまいそう。

　ようやく、暗闇に目が慣れてきた。

　目の前には、余裕のない表情でわたしを見下ろす一之瀬くんがいた。

「いやなら……、全力で抵抗して」

　そう言って、わたしの頬や首筋、はだけた鎖骨にキスを落とす。

　そのどれも心地よくて、わたしは身をよじって抵抗する『フリ』をすることしかできなかった。

「一之瀬くん……、どうしてこんなことっ……」

「……俺にもわからない。でも、向坂と偶然唇が重なったとき……。なんだか懐かしいような気がした」

　わたしとのキスが、懐かしい……？

　その言葉の意味は、よくわからない。

　だけど、わたしも一之瀬くんと同じように、もし1つだけ言葉を選ぶとするのなら……。

　なんだか、『懐かしく』感じてしまったのはたしかだった。

　万里くんとのキスは拒んでしまったけど――。

　一之瀬くんとは、抵抗なくできてしまったことに驚いた。

　それに、全然イヤじゃない。

　このままずっと、思いのままにキスしたいって。

　そう思ってしまったんだ。

　そのとき、真っ暗だった部屋に明かりが戻る。

　色を取り戻したわたしの視界には、頬を赤らめて少し熱を帯びた色っぽい目をした一之瀬くんの表情があった。

　わたしも、息が上がっていて顔が熱い。

　そんなわたしたちは、無言のまま見つめ合う。

　このときばかりは、なにも言葉は交わさなくても、お互いの心の中が透けて見えるような気がした。

　わたしがねだるように、一之瀬くんの頬にそっと手を添えると――。

　まるでそれに応えてくれるかのように、一之瀬くんはわたしの唇を奪った。

　わたしの目元から、一筋のしずくが流れる。

　それは、一之瀬くんと心が通じ合ったといううれしさと――。

　罪悪感の涙だった。

　……由奈、万里くん。

　ごめんなさい。

　わたしは、気づいてしまった。

　確信してしまった。

　わたしは――。

　一之瀬くんのことが、好きだということに。

止まらない溺愛

　——また、あの夢だ。

　どこもかしこも真っ暗な世界の中に、ぽつんと1人佇む
わたし。

　右も左もわからない。

　そんな孤独なわたしの頭の中に響く、あの声——。

『なにがあっても愛し抜く』

　……思い出したいのに。

　思い出せない。

　わたしの、——大切な人。

　ハッとして目が覚める。

　うなされていたのか、汗をかいていた。

　時計に目を移すと、6時57分。

　7時に設定したアラームが鳴る前に、ちょうど目が覚め
た。

　今日から、2学期の始まりだ。

　わたしは顔を洗うと、朝食の準備に取りかかった。

　8時前。

　制服に着替え、洗面所で髪をとかしていたときだ。

　すぐそばに置いていたスマホが鳴った。

【おはよ！　昨日は知らない間に慈美が帰ってたから、びっ
くりしちゃった。なにか用事でもあった？】

　目を向けると、由奈からのメッセージだった。

　そして、続けてまた送られてくる。

【もし、彪雅に近づこうとする女子がいたら、すぐに教えてね！】

　それを見て、わたしは胸が痛かった。

　——なぜなら。

『ちょっと待って……、一之瀬く——』

『無理。止まんねぇ』

　昨日、わたしは一之瀬くんと……キスしてしまった。

　初めは、単なる偶然……。

　ちょっとしたハプニングだった。

　だけど、何度も何度も一之瀬くんに求められて——。

　わたしも、自分の気持ちを抑えることができなかった。

　それに、一之瀬くんとのキスは、なんだか懐かしくて心地よくて……。

　自分じゃ止められないくらい、どうしようもなかった。

　あのあと、向こうから由奈の声が聞こえて、その瞬間我に返った。

　わたしは一体、なにをしていたんだろう……と。

　そうして、逃げるようにONEのアジトから出ていったのだ。

　帰ってきてから、あのときの自分の行動が信じられなかった。

　まるで、自分が自分じゃないみたいで。

　でも、冷静になって考えてみても、やっぱりあれは……

間違いだった。

　いくら、万里くんとぎくしゃくしているからって。

　由奈が、本物の『ユナ』じゃないからって。

　そうだったとしても、わたしはいけないことをしてしまったんだ。

　だから今日、……一之瀬くんに会うのがものすごく憂鬱だ。

　どんな顔をして会えばいいのかわからない。

　……一之瀬くん、今日もサボりで来てなかったらいいんだけど。

　そんなことを考えながら、わたしは重い足取りで学校へと向かうのだった。

　幸い、その日は一之瀬くんは学校には来なかった。

　次の日。

　学校に着いて教室内を見渡すと、今日もわたしの席の隣には一之瀬くんの姿はなかった。

　昨日と同じようになに食わぬ顔で自分の席に座るけれど、内心、いつ一之瀬くんが来るかとヒヤヒヤしていた。

「今日も一之瀬くんは、欠席……とっ」

　朝礼で、担任の先生は小さくつぶやきながら、出席簿に書き込んでいた。

　そして、一之瀬くんがいないまま、1限の始まりのチャイムが鳴った。

　1限後の休み時間。

　　自分の席で窓から外の風景を眺めながら、頬杖をついて
いた。

　　──そのとき。

　　ガタンッ……！

　　わたしの隣の席から、机とイスがぶつかり合う音が聞こ
えた。

　　まさかと思い、肩がピクッと反応する。

　　でもわたしは、目を向けることができない。

　　不自然に目線は窓の外を向けたまま、２限のホームルー
ムが始まった。

「……おっ！　一之瀬くん、来てるじゃないかっ」

　　ホームルームが始まってすぐに、先生が一之瀬くんの存
在に気づいた。

　　……やっぱり、わたしの隣にいるのは一之瀬くんだった。

　　そうとわかれば、一之瀬くんの姿を目に映してなくとも、
そばにいるというだけで……どうしても意識してしまう。

　　隣にいるのが、……気まずい。

　　この場の空気に耐えられなくなったわたしは、そっと右
手を挙げた。

「せ……先生」

「どうかしましたか、向坂さん？」

「ちょっと、体調が悪くて……。しばらくの間、保健室で
休んでいてもいいですか……？」

「かまいませんが、１人で大丈夫ですか？」

「……はいっ。大丈夫です」

　わたしは、隣にいる一之瀬くんと顔を合わせることもな
く——。

　逃げるように、保健室へと向かった。

「失礼します……」

「あら？　どうかした？」

　保健室に入ると、机で作業をしていた保健室の先生がく
るりと振り返った。

「……すみません。少し体調が悪いので、ベッドを借りて
もいいですか？」

　本当は、嘘だけど……。

「それはいいけど、先生このあと職員室に呼ばれてるの。
ちょっと席を外すけど、よくなるまで寝ててててかまわ
ないから」

「はい。ありがとうございます」

「鍵は開けていくからね」

　先生はそう言うと、保健室から出ていった。

　わたしは、一番奥にある白いカーテンで仕切られたベッ
ドに横になった。

　どこか悪いんじゃないかと思うほど、心臓がバクバクし
ている。

　でも、その原因はわかっている。

　一之瀬くんのせいだ。

　わたしは、布団の中でうずくまるようにして、うるさく
鳴る胸を押さえた。

　　──どれくらいたっただろうか。

　おそらく、体感的には30分もたっていない。

　それなのに、わたしはいつの間にか眠っていたようだった。

　あの日以来、あまり眠れていなかったからかもしれない。

　仮病を使って保健室へ来たのは申し訳ないけれど、少しだけ仮眠を取ることができた。

　すると、保健室のドアが開く音がかすかに聞こえた。

　保健室の先生が戻ってきたのだろう。

　わたしはとくに気にすることもなく、また目を閉じようとした──そのとき。

　わたしが寝ているベッドのカーテンが揺れ、隙間からだれかが顔を覗かせた。

　深い闇のような瞳と目が合い、わたしはとっさに体を起こした。

「い……、一之瀬くん……!?」

　そう。

　仕切られたカーテンをかき分けてやってきたのは、一之瀬くんだった……！

「……どうして、ここにっ」

「体調悪いんだろ？　これ、やるよ」

　そう言って、一之瀬くんがわたしに差し出したのは、青いラベルが特徴的なスポーツドリンクのペットボトルだった。

「……あ、ありがとう」

　受け取るときに、指と指とが少し触れただけでドキッと
してしまった。
「このために、わざわざここへ……？」
「べつに。ただのサボリ」
　──『サボリ』。
　たしかに、保健室は定番のサボリ場所だ。
　でも、わたしは知っている。
　一之瀬くんのお気に入りのサボリ場所は、学校の屋上だ
ということを。
　今日は、過ごしやすい1日だと天気予報で言っていた。
　そんな心地よい日に、サボリで屋上に行かないなんて、
一之瀬くんらしくない。
「……それじゃあ、わたしは教室に戻るね」
　まさか、一之瀬くんが来るとは思っていなかったから。
　一之瀬くんがここでサボるなら、わたしは教室へ──。
「なんで逃げるんだよ」
　ベッドから起き上がり、上靴を履き、スカートの乱れを
直していたわたしの腕を一之瀬くんがつかんだ。
「なんでって、……もうよくなったから」
「今さっきまで横になってたのに、俺が来たとたんに治っ
たんだ？」
「それは……」
　わたしは適当な言い訳が見つからず、言葉に詰まった。
　そんなわたしの反応を探るように、一之瀬くんがわたし
の顔を覗き込む。

「もしかして、体調が悪いっていうのは……嘘？　俺の隣にいたくなくて、わざと保健室に？」

　保健室のベッドを囲む狭いカーテンの中。

　逃げ場のない空間に、わたしは顔を背けることしかできなかった。

　しかしそれが、一之瀬くんの問いを肯定していることになっていた。

「言っておくけど、俺もさっきのは嘘だから」

　一之瀬くんは小さなため息をつくと、ベッドに腰かけた。

「べつに、こんなところにサボリに来たわけじゃねぇよ。……ただ、向坂に会いたかっただけだ」

　そんなことを言われたら、もしかして一之瀬くんもわたしのこと……なんて淡い期待を抱いてしまう。

「向坂が俺に会いたくない理由は、……この前のことが関係してるよな」

　……『この前のこと』。

　思い出すだけで、顔が熱くなる。

「あれは……、間違いだった。2人とも冷静だったら、あんなことには……」

　由奈や万里くんのことを思ったら、あとからすごく後悔した。

　『好き』というだけで、やっていいことではなかったと。

「……だから、あのことは忘れてほしいの。できることなら、なにもなかった頃に戻りたい」

　どうかしていたと悔やむわたしだったけど、そんなわた

しに一之瀬くんが吐き捨てる。

「その頼みは聞けねぇ。俺は忘れられるわけがない。それは、これから先もずっと」

「そんなこと言わないで……。由奈が悲しむ」

「……由奈か。今だから言うけど、由奈にキスされたことはある」

その言葉を聞いて、胸がズキンと痛んだ。

……あんな親密な関係だったら、そうだとは思っていたけど。

やっぱり直接聞かされると、……耳を塞ぎたくなる。

「でも、由奈とのキスとは違った。それで一昨日、向坂とキスして……わかったんだ。俺がずっと求めていたのは、これだって」

一之瀬くんは、私の唇を親指でなぞる。

「だから、無我夢中で向坂にキスした。自分で自分を制御できないなんて、……初めてのことだったから」

あのときの一之瀬くんの気持ちは、……わたしと同じ。

やっぱりわたしたちは、お互いを求めあってしまっていたんだ。

「俺は……向坂がほしい」

一之瀬くんの瞳の中に、戸惑いを見せるわたしの姿が映っている。

そうして、一之瀬くんは無抵抗なわたしをそっとベッドに押し倒した。

わたしを見下ろす一之瀬くんから、熱い吐息がかかる。

「ま、待って……一之瀬くんっ。これじゃあ、あのときと
同じことにっ……」

　……やめて。

　その瞳で見つめられたら、わたしは全力で拒むことがで
きないから。

「一之瀬くんには、由奈がいるでしょ……!?」

　これ以上、親友の由奈を裏切ることはできない。

　だから……、もうっ……。

　もう一度一之瀬くんに考え直してほしくて、『由奈』の
名前を出したのだけれど──。

「由奈とは、昨日別れた。やっぱり由奈は、俺の中での『ユ
ナ』じゃなかった。向坂がアジトを出ていったあと考えて、
決心がついたんだ」

　由奈がそう言うから。

　ONEのメンバーも信じて疑わないから。

　だから、由奈を『ユナ』だと思って、そばにいた一之瀬
くん。

　でも、わたしとのキスがきっかけで、自分の気持ちに正
直に向き合うことができたのだと、一之瀬くんはそう話し
てくれた。

　わたしと会ったときは、一之瀬くんとのことをうれしそ
うに話していた由奈。

　昨日の朝のメッセージだってそうだ。

　それがまさか、そのあと一之瀬くんから別れを告げられ
ていたなんて……衝撃的だった。

「……由奈は、納得してなかったけどな。でも俺には、向坂以外なにもいらないから」

　一之瀬くんが、愛おしそうにわたしの髪を指でとかす。

　その手が頬を撫で、首筋をなぞる。

　……ガラッ！

　そのとき、保健室のドアが開き、足音が聞こえた。

　その足音は、わたしたちのいるベッドへゆっくりと向かって来る。

「向坂さん？　体調どう？」

　……保健室の先生だ！

　今のわたしは、一之瀬くんに押し倒されている状態。

　こんなところ、先生に見られたら……。

　わたしは一之瀬くんからなんとか逃れると、慌ててカーテンから飛び出した。

「……うわっ、びっくりした！　向坂さん、急にどうしたの？」

「い……いえ、なんでもないです……」

「顔が赤いみたいだけど、熱があるんじゃない？　やっぱり体温計ってみましょう」

「それは、大丈夫です……！　布団かぶって寝てたら、暑くなっちゃって」

「……そうなの？　調子はどう？」

「もうすっかりよくなったので、教室に戻ります！」

　わたしは、悟られないように笑ってみせる。

　後ろのカーテンの中には、まだ一之瀬くんがいる。

　先生に、バレちゃいけない……。
「それならよかったわ。先生もちょうど、お花の水を入れ替えるところだから、途中までいっしょに行きましょうか」
　……よかった。
　これで、一之瀬くんが保健室から抜け出せるタイミングが作れそう。
　わたしは素知らぬ顔で保健室の先生と出て、教室に戻ったのだった。
　先生があのタイミングで戻ってきてくれてよかった。
　……じゃないと、あのまま一之瀬くんに身を委ねてしまっていたかもしれないから。

　それからというもの、わたしは今まで以上に一之瀬くんを避けなければならないというのに──。
「向坂、遅ぇよ」
「向坂、教科書見せて」
「向坂、当てられそうになったら起こして」
　一之瀬くんが、わたしに話しかけてくることが増えたような気がする。
　……いや。
　隣の席だから、それが当たり前なのだろうか。
　わたしが意識しすぎているだけなのかもしれないけど、何気ない会話のやり取りは多かった。
　それだけではない。
　ある日校舎の隅で、突然年上の先輩から威圧的に告白さ

れたとき──。

「向坂さん、オレと付き合ってくんねぇ？」

「……ごめんなさい。わたし、彼氏がいるんです」

「とかなんとか言って、噂になってんぞっ。いろんな男と遊んでるってな」

「やっ……！　離してください……！」

　無理やり校舎の壁に押さえつけられて、キスを迫られたけれど──。

「……てめぇ。気安く、向坂に触れてんじゃねぇ！」

　人気のない場所であるにもかかわらず、一之瀬くんが現れて、あっという間に年上の先輩を追っ払ってしまった。

「向坂っ、……大丈夫だったか!?」

「う……うん」

「……ったく。1人にしたらすぐこれだ。俺のそばから離れんな」

　いつでもどこでも、わたしの味方になって助けてくれる一之瀬くんは、まるでドラマやマンガに登場するヒーローのようだ。

「向坂が視界にいないと、不安になる」

「本当は、向坂を独り占めしたいってずっと思ってる」

「冗談なんかじゃねぇよ。本気だから」

　一之瀬くんは、毎日のように甘い言葉をわたしにくれる。

　その止まらない溺愛に、わたしは身も心ももたなくなる。

　まるで、甘い波に飲み込まれそうで。

　だから、一之瀬くんから逃げるのだけれど──。

「逃げんなよ。そんなことされると余計に捕まえたくなる」

　いつもの屋上で、わたしは後ろから抱きしめられた。

「もう……やめて、一之瀬くん」

「ごめんな。でも、無理」

「……これ以上こんなことされたら、わたしっ……」

　そこまで言って、わたしは口をつぐんだ。

　でも、一之瀬くんにはお見通しだった。

「……溺れそう？」

　耳元で囁かれ、わたしは恥ずかしさのあまり俯く。

「だったら、俺に溺れろよ。俺がすくい上げてやるから」

「そんなこと言ったって、わたしにはっ……」

　――万里くんがいる。

　記憶を失くしたわたしが目覚めたときからそばにいてくれた、万里くんが。

「べつに、彼氏との仲を壊すつもりはない。あのときのキスだって、これまでのことだって、今だって、俺が一方的にしたことだから」

　一之瀬くんは、まるで自分が悪者であるかのように言ってくれる。

　……でも、違う。

　あのときのキスは、わたしだって求めてしまった。

　それに、これまでの一之瀬くんの行動や甘い言葉だって拒むことはできたのに、そのひとつひとつにドキドキしてしまったのも事実だ。

　一之瀬くんの言うとおり、わたしはすでに一之瀬くんに

『溺れて』いた。

「……でも、一之瀬くんの中では『ユナ』が一番だよね」

　一之瀬くんが、ずっと『ユナ』のことを想っているは知っているから。

　それでもわたしは、一之瀬くんの頭の片隅に『ユナ』がいたっていい。

　そんな一之瀬くんを受け入れる覚悟があるくらい、わたしの心はすでに一之瀬くんへの想いで溢れていた。

「ああ。たしかに『ユナ』のことは想っていた。でも、記憶のない俺には、それが夢なのか現実なのかさえわからない」

　一之瀬くんは、ぼんやりと遠くへ視線を移す。

「『ユナ』がどこのだれであろうと、実在してもしなくても、……もうどっちだっていい」

　その言葉に驚いて、一之瀬くんに目を向けると──。

　一之瀬くんは、わたしを愛おしそうに見つめていた。

「今は向坂がそばにいてくれるだけで、それでいい」

　そう言って、優しく微笑んでくれた。

　その笑みはまるで、わたしのすべてを包み込んでくれるかのようだった。

　だから、わたしは自然と一之瀬くんに話していた。

「……実は、わたしも過去の一部の記憶がないの」

　その言葉に、目を丸くする一之瀬くん。

「向坂も……？　記憶喪失ってことか……？」

「……うん。だから、一之瀬くんも記憶がないってことを

聞いて、わたしと同じだって思ったんだよね」

　似た者同士とは思っていたけど、まさかここまで同じ境遇だなんて、それはある意味運命的だ。

「そうか……。もしかしたら俺たち、その失くした記憶の中で、すでに出会ってたかもしれねぇな」

「もしそうなら、びっくりだよね。……でも、そうだったらいいのにな」

　一之瀬くんとは、偶然にも失くした記憶の期間も一致する。

　そう考えると、なんだか一之瀬くんの言うことが、本当にそうなんじゃないかと思えてしまう。

　その失くした過去の記憶の中でも、一之瀬くんといっしょだったらいいな。

　だけど、わたしたちが過去も現在も結ばれることは許されない。

　なぜなら、わたしには万里くんがいるから。

　だから、ちゃんと伝えなくてはならない。

　これまでずっと抱えていた……わたしの思いを。

　その日、わたしは久々に万里くんに電話をかけた。

　結局、キスを拒んでしまってから、会うことはおろか、まともに連絡も取っていなかった。

〈……慈美？　急にどうしたんだよ〉

〈ちょっと話したいことがあるんだけど……。今、どこにいる……？〉

　万里くんは、だれかといっしょにいるのだろうか……。

　電話の向こう側から、何人かの話し声や笑い声が聞こえていた。

〈話したいこと？　それじゃあ、オレが慈美の部屋へ行くから〉

〈……わかった。待ってるね〉

　そうして、万里くんとの電話を切った。

　しんと静まり返った部屋で、万里くんが来るのを待つ。

　万里くんは、どういった気持ちでここへ来てくれるのだろうか。

　まだ、わたしに対して怒ってる……？

　それとも、仲直りしようと考えてくれている……？

　どちらにしても、わたしは万里くんを傷つける話をしなければならなかった。

― 彪雅side ―

「……今、なんて？」

　目を大きく見開け、俺を見つめる由奈。

　まるで、この世の終わりが迫っているかのような呆然とした顔をしている。

　夏休みが明け、今日は新学期初日。

　だけど、俺は思うことがあり学校には行かず、こうして昼から由奈をアジトに呼び出していた。

「さっき話したとおりだ。これ以上、由奈とは付き合えない。だから……、別れてほしい」

　由奈が『ユナ』であるとわかってから、由奈はこのONEのアジトへ頻繁に出入りするようになった。

　そして、記憶のない俺に献身的に尽くしてくれた。

　付き合っていたときの話をしてくれたりするが、俺はまったくそのときの記憶を思い出せない。

　メンバーは『ユナ』が見つかって大喜びで、由奈とも親しくなって、毎日のように俺のためと言って由奈を呼ぶが――。

　俺の中では、由奈がそばにいても、いまいちピンときていない。

　由奈がいても、どこか気を遣ってしまったり……。

　自然体でいられない。

　本当に由奈は、俺が探し求めていた『ユナ』なのか……。

　日に日に、その疑問は大きくなるばかりだった。

　だけど、向坂がここへ来て――。

　偶然にも唇が触れた瞬間、俺の頭の中になにかが駆け巡った。

　記憶が蘇ったわけではないが、向坂とのキスに懐かしさを覚えた。

　……これだ。

　ずっと俺が探し求めていたのは、これだったんだって。

　だから、それをたしかめるように何度も何度も向坂を求めた。

　由奈とのキスには、なにも感じなかった。

　でも、向坂のときには温かい感情がわき起こってくる。

　これまで、屋上でいっしょに授業をサボったりしていたのに、どうして、今まで気づかなかったんだろう。

　こんなにすぐそばに、向坂がいたっていうのに。

　……だから、悟ってしまったんだ。

　俺がそばにいてほしいのは、――由奈じゃないって。

　もしかしたら、由奈の言うとおり、由奈は本当に『ユナ』なのかもしれない。

　だけど、今の俺には……もうそんなことはどうだってよかった。

　なぜなら、俺の心が叫んでいるから。

　向坂がほしい。

　なにがあっても、向坂といっしょにいたいと。

　もう、俺は向坂のことしか考えられない。

　こんな気持ちのまま、由奈とは付き合えない。

　ずっと抱えていた疑問に、ようやく答えが出せた。

　だから、向坂が帰ったあとの夜、俺は考え、そして決心がついた。

　そして次の日、由奈を呼び出して、別れ話を打ち明けたが——。

「……どうして別れないといけないの？　だって、あたしは『ユナ』なのにっ……」

　到底、由奈に納得はしてもらえなかった。

　この１ヶ月ほどの間、由奈は俺に尽くしてくれた。

　そのことには、感謝している。

　でも、結局俺の心は由奈には向かなかったこと。

　最後まで、由奈を『ユナ』と思うことができなかったこと。

　俺には、『ユナ』以上に大切にしたいと思う人が現れたこと。

　そのすべてを由奈に伝えた。

　それを聞いた由奈は、目に涙を浮かべる。

「彪雅の一番は『ユナ』じゃなかったの……？」

「ああ、俺もそう思ってた。『ユナ』以外愛せないって」

「だったら、あたしで——」

「でも、いたんだ」

　由奈は唇をか噛む。

「……まさか。それって……、……慈美？」

　おそるおそる尋ねる由奈に、俺はゆっくりと頷いた。

「……そんな。あたしは、こんなにも彪雅のことを想っているのにっ……」

「……由奈には、本当に悪いと思ってる。でも、このままいっしょにいたって、俺は由奈の気持ちには応えられない」

「いやだっ……！　聞きたくない……!!」

　由奈は耳を塞いで、首を横に振る。

「……由奈。でも、俺は由奈を幸せにはできないから……。だから……」

　由奈は頬に涙を伝わせると、アジトから飛び出していった。

　そのあとに、慌てて慶や他のメンバーが俺の部屋にやって来る。

「総長…！　今、由奈さんが泣いて──」

「……ああ、俺が泣かせた」

　たとえ、それが想っていなかった由奈だったとしても、女を泣かせたということに胸が強く締めつけられる。

「喧嘩でもしたんですか……？」

「いや、そうじゃない。……別れた」

「「……別れたっ!?」」

　俺の突然の発言に、慶や他のメンバーは口をあんぐりと開けて驚いている。

「でも、……急にどうして」

「だって由奈さんは、ずっと探していた『ユナ』のはずじゃ……」

「……そうだな。お前らにも迷惑かけたのに、すまなかっ

たな」

「いえ……。それは、オレたちが勝手に探していただけっすけど……」

　俺のためにと、『ユナ』を探しまわってくれた、優しいＯＮＥのメンバー。

　だから、由奈と別れたことをきっちりと説明しなければ、こいつらの気が晴れないだろう。

　由奈と別れたことは、ただの俺の身勝手。

　だけどメンバーは、俺を責めることなく話を聞いてくれた。

「じゃあ、もう総長は、由奈さんと別れたことに後悔はしてないんですね……？」

「ああ。たしかに、俺は『ユナ』を愛していたかもしれない。だけど、それ以上に愛したいと思える存在を見つけることができたから」

「それが、……慈美さんですか？」

　慶の言葉に、俺は首を縦に振った。

　ＯＮＥの総長が、こんなどっちつかずのどうしようもない男だと知って、落胆されたっておかしくない。

　それも覚悟で話したが、慶を含めメンバーはなぜかみんな微笑んでいた。

「なんか、ようやくオレたちの知る総長が帰ってきたって感じがしますっ」

「なんだよ、それ」

「だって、今まではどこか上の空っていうか……。どこに

いるかもわからない『ユナ』を、ずっと夢に見ているというか」

「でも、ようやくその夢から覚めたって感じで、覇気がみなぎってます!」

　メンバーの言葉に、思わず笑ってしまった。

　……覇気ってなんだよ。

　俺、そんなに今までぼけっとしてるように見えてたのか?

　でも、メンバーの言うとおり、たしかに長い夢から覚めたような気がする。

「心に決めた人が慈美さんなら、想いのままにまっすぐ突き進んでください」

「それでこそ、オレらONEの総長です!」

「……慶。お前ら……」

　『ユナ』のことだって、俺1人じゃなにもできなかった。

　俺のために自ら動いてくれたこいつらは、やっぱり俺の自慢の仲間だ。

　そして、向坂のことも──。

　こいつらが背中を押してくれるから、さらに自分の想いを貫き通せそうな気がする。

　だから次の日、俺は向坂を探した。

　向坂が保健室へ行った理由だって、だいたいの予想はついていた。

　俺に会いたくないのだと。

　アジトであんなことをしたのだから、避けられたってお

かしくない。
　でもだからこそ、俺の想いを知ってほしかった。
「それで一昨日、向坂とキスして……わかったんだ。俺が
ずっと求めていたのは、これだって」
「だから、無我夢中で向坂にキスした。自分で自分を制御
できないなんて、……初めてのことだったから」
　向坂が、俺のことをなんとも思っていなくてもいい。
　向坂には、すでに彼氏がいるのだって知っている。
　それでも俺は、自分の気持ちに嘘はつけない。
　避けられたって嫌われたって、俺は向坂のことが好きな
んだ。
　俺には、向坂しかいない。
『なにがあっても愛し抜く』
　そう心に決めたから。

嘘と真実

　わたしの部屋にやってきた万里くんとの間に、ピリピリと肌に突き刺さるような緊迫した空気が流れている。

　——今から、数分前。
「万里くんには、これまで本当によくしてもらったんだけど……。……ごめん、別れてほしいの」
　わたしの唐突な言葉に、一瞬ポカンとした表情を見せる万里くん。
「……は？　別れる？　なんで？　慈美が前にキスを拒んだからって、そんなので別れるほど、オレたちの絆はヤワじゃないだろ？」
「そうじゃないのっ……」
「じゃあ、なんだよ？」
　万里くんは、まるで噛みつくように言葉をかぶせてくる。
　いらだっていることはわかっていた。
　だからって、言うのをためらってはならない。
「万里くんは、わたしが記憶喪失になる前から、ずっとわたしの彼氏だったことはわかってる……。わたしも、そう思うようにしてた」
「じゃあ、これからもそれでいいじゃねぇか」
「でも、わたしはずっと引っかかっていて……。もちろん、それは記憶がないからで……。けど、万里くんは『彼氏』

というよりも、『わたしに優しくしてくれる人』っていう
感じしかしないの……」
「なんだよ……それ。オレは、ただの『いい人』ってか？」
　吸っていたタバコを荒々しく灰皿にねじりながら押しつ
ける、万里くん。
　──そして、今のピリついた空気が流れる場に戻る。
　万里くんは、箱からもう１本タバコを取り出すと、その
先端に火をつけた。
　まるで気持ちを落ち着かせるように大きく息を吸い、白
い煙を吐き出す。
「でもまぁ、そんなことで別れねぇけどな。だって、いつ
かはわかるはずだから。慈美には、オレが必要だってな」
「……もしそうだったとしても、『いつか』じゃダメなの」
「どういう意味だよ？」
　わたしを睨みつける万里くん。
　その視線に刺されながらも、わたしは言葉を続けた。
「わたし……。好きな人ができたから……」
　万里くんに萎縮して、語尾に近づくにつれて声が小さく
なっていく。
　でも、……言えた。
　万里くんに、直接。
「違う人のことを想ったまま、……これ以上万里くんとは
付き合えないよ。自分勝手なことを言っているのはわかっ
てる……。だから──」
「だったら、そんなヤツのことなんて、さっさと忘れちま

えよ!!」

　万里くんが突然立ち上がったと思ったら、わたしの左頬に重くて鋭い痛みが走った。

　一瞬、なにが起こったのかわからなかったけど、徐々に熱を帯び、ヒリヒリとした痛みを伴う。

　姿見に、左頬を抑え、呆然としているわたしの顔が映っていた。

　それでようやく……理解した。

　万里くんに叩かれたのだと。

「オレだって、本当はこんなことしたくねぇよ。でも、慈美が寝ぼけたことを言い出すから、……ついっ」

　……衝撃的だった。

　今までわたしに優しくしてくれた万里くんに、……こんな一面があったなんて。

　でも、怒らせてしまったのは……わたし。

　叩かれたって、おかしくないのかもしれない。

「……ごめんね。突然こんな話なんてしたら、わたしのこと……憎くなっても仕方ないよね」

「……憎い？　なに言ってんだよ。オレは慈美のことが好きだから、こうしてるんだよっ」

　好きだから、……叩いたの？

　その言葉の意味が、わたしにはよくわからなかった。

　──だって。

『なにがあっても愛し抜く』

　わたしが、失くした記憶の中で覚えている……唯一の言

葉。

　これは、大切な人がわたしにかけてくれた言葉だ。

　だから、それは彼氏である万里くんが、記憶を失くす前にわたしに言ってくれたものとばかり思っていたんだけど――。

「……『なにがあっても愛し抜く』」

「は？　なんだよ、それ」

「これは……、万里くんが言ってくれたんじゃ――」

「そんなくせぇセリフ、オレが言うわけねぇだろっ。恋愛ドラマの見すぎなんだよ」

　万里くんは、バカにしたように鼻で笑っている。

　その態度に、愕然とした。

　長い眠りから目覚めたわたしのそばにいてくれた、万里くん。

　初めこそ戸惑ったものの、優しい万里くんの存在に、孤独なわたしは救われた。

　だから、万里くんなら、わたしの思いや悩みも聞き入れてくれる。

　そう思っていたのに……。

　人が変わってしまったような万里くんの言動に、わたしは今の状況を飲み込むことができなかった。

　……だけど、同時に確信した。

　あの言葉をわたしにかけてくれたのは、万里くんではないのだと。

　じゃなければ、好きだからという理由で、わたしを叩い

たりなんかしない。

「とにかく、オレは別れる気はねぇからな。慈美にふさわしいのは、このオレだ！」

　万里くんは指さすように、タバコの先端をわたしに向ける。

「とりあえず、今日のところは許してやる。だから、どこのどいつかは知らねぇが、とっとと忘れることだな」

　そう言うと、万里くんは荒々しくドアを閉めて、わたしの部屋から出ていった。

　……ちゃんと万里くんに気持ちを打ち明けたのに。

　まったくわかってもらえなかった……。

「……ッ……！」

　左の頬に触れると痛みが走り、わたしは思わず顔をしかめる。

　話し合いのあとに残ったのは、打たれた頬の痛みと腫れ
は
だけだった。

　そのときに、いっしょに口の端も切れたようだ。

　わずかだけど、血が流れていた。

「たしか、絆創膏がどこかに……」
ばんそうこう

　棚の中を探すと、すぐに絆創膏の入った小箱が見つかった。

　その小箱を手にしたとき、同じ引き出しの中に入っていたスマホに指先が触れた。

　わたしが事故のときまで持っていた…ボロボロのスマホだ。

　万里くんからは捨てるように言われていたけど、記憶喪失の手がかりになるかもと思って、ずっとこうして置いていた。

　壊れていると思いこんでいたけれど、ふと手にとって電源を入れてみた。

　すると、不思議なことに、引っ越しの初日には反応がなかったスマホの画面が、ぼんやりと光りだした。

　そして、見覚えのあるロック画面が表示される。

　驚いたことに、奇跡的に復活したようだ。

　ロック解除のパスコードも、ちゃんと覚えている。

　画面が所々割れて見づらいけど、スマホとして操作するには十分だった。

「……そうだっ。写真……」

　わたしは、【写真】のアイコンを指でタッチした。

　もし、この中に万里くんとの写真があれば、わたしと万里くんが付き合っていたという……紛れもない事実。

　そうなれば、わたしは万里くんにさっきのことを頭を下げて謝らなければならない。

　万里くんを疑い、傷つけてしまったのだから。

　──しかし。

　探しても探しても、万里くんとの写真は見つからなかった。

　それどころか、だれかと付き合っていたという形跡も見当たらない。

　由奈と２人で写っているものや、ランチやスイーツの写

真ばかり。

本当は、彼氏なんていなかったのでは……?

とさえ思えてくるほど、食べ物や風景といった平凡な写真が並んでいる。

一之瀬くんの『ユナ』みたいに、『なにがあっても愛し抜く』というあの言葉も、わたしが頭の中で勝手に思い描いた……ただの幻?

わたしは万里くんの写真を探すのを諦めて、スマホをおいた。

次の日。

朝起きたら、左頬がジンジンと痛かった。

万里くんに叩かれた直後よりは、少し腫れは引いてきた。でも、まだ外を出歩くには目立っていた。

こんな顔じゃ……、学校に行けない。

これまで授業をサボって屋上へ行くことはあったけど、その日は学校を休むことにした。

するとその日の夕方、わたしの部屋のインターホンが鳴った。

来客なんて、今まで万里くんしかいない。

だけど、万里くんがインターホンを押したことは一度だってない。

だれだろうと思いながら、玄関のドアを少しだけ開けてみると——。

「ようっ」

　そのドアの隙間から顔を覗かせたのは、緩めのパーマが
かかった黒髪の長身の男の人——。

「……一之瀬くんっ!?　な……なんで、ここにっ?」

　一之瀬くんの突然の訪問に、一瞬戸惑う。

「住所は、先生が教えてくれた。頼まれたものがあったから、
それを渡しに」

「先生から……頼まれたもの?」

「ああ」

　そう言われ、わたしはおそるおそるドアを開けた。

　差し出されたのは１枚のプリント。

　見ると、【進路希望調査】と書かれてあった。

「これ、今日が提出期限だったのに、机の中に入れっぱな
しだっただろ?」

「……あ、そうだった」

「先生が、明日提出するようにだってさ」

「もしかして、それを伝えるためにわざわざわたしの家ま
で……?　そんなことなら、先生も明日わたしに直接言え
ばいいのに——」

「ていうのはこじつけで、本当は向坂の顔がちょっと見た
かっただけ」

　半分開いたドアから、一之瀬くんの優しく微笑む顔が窺
える。

　すると、一之瀬くんはくるりと背中を向けた。

「じゃ、そういうことだから」

　それだけ言うと、軽く手を挙げ、本当に行ってしまった。

「……待って！　せっかく来てくれたんだから、せめてお茶でもっ……！」

　慌てて呼び止めると、階段を下りようとした一之瀬くんが立ち止まり、ゆっくりとした足取りで戻ってきた。

　そして、ドアに手をつき、わたしの顔を覗き込む。

「……向坂。男を自分の部屋に上げるって、どういう意味だかわかって言ってる？」

「えっ……。そ……それは……」

「俺も一応男なんだから、向坂と２人きりになって、なにもしないなんて約束できねぇよ」

　一之瀬くんの言葉に、わたしの顔は真っ赤になる。

　そういうつもりではなかったけど、軽はずみなことを口にしてしまったのかもしれない。

「悪い。ちょっと意地悪なこと言ってみた。でも俺は、そんなつもりでここへ来たわけじゃないから。元気そうな顔が見れて、安心した」

「う……うん。わざわざ、ありがとう」

「じゃあ、行くな」

　そう言って、一之瀬くんはドアから手を離した。

　ゆっくりと閉まろうとするドア。

　徐々に、一之瀬くんの顔が見えなくなる。

　──と思った、そのとき。

「……ちょっと待てっ」

　閉まる直前で、急に一之瀬くんがドアノブを握った。

　突然のことで驚いていると、開け放ったドアから一之瀬

くんが入ってきて、わたしを壁に追い詰める。

「いっ……一之瀬くん……!?」

　まるでキスされるかと思うほど、顔を近づけられる。

「急にどうしたのっ……?」

「……どうしたのじゃねぇよ。それはこっちが聞きてぇよ」

　一之瀬くんはわたしの顔に手を伸ばすと、左の髪を優しく耳にかけた。

　しかし、そこであらわになる……わたしの腫れた左頬。

「これ……。……なんだよ」

　わたしは、とっさに手で左頬を隠すように覆った。

　髪でわからないようにしていたのに、……一之瀬くんに見抜かれてしまった。

「これは……、ちょっとぶつけちゃって──」

「違うだろ」

　一之瀬くんの鋭い視線が刺さる。

　こんなに怒ったような一之瀬くんは……初めて見る。

「俺が、暴走族の総長だって忘れたか?　ぶつけたか殴られたかくらい、一目見ればすぐわかるって」

　核心を突いた一之瀬くんの言葉に、なにも言い訳できずにわたしは俯く。

　そんなわたしに、一之瀬くんはそっと……。

　そして、優しくいたわるように、腫れた左頬に手を添えた。

「……もしかして、……彼氏にか?」

　眉を下げ、今にも泣き出しそうな顔でわたしを見つめる

一之瀬くん。

一之瀬くんは、すでに勘づいている。

きっと下手な嘘をついたって、すぐにバレてしまうことだろう。

観念したわたしは、ゆっくりと首を縦に振った。

「どうして、向坂にこんなこと……」

「……わたしが悪いの。彼を……ちょっと怒らせちゃって」

「だからって、女を殴るなんてありえねぇだろ……！」

一之瀬くんはまるで自分のことのように下唇を噛むと、悔しそうに壁を叩いた。

「……俺のせいか」

耳元で、絞り出したような苦しそうな声が聞こえる。

「俺のことを打ち明けたんじゃないのか……？　それで、彼氏に──」

「一之瀬くんが責任を感じることはないよ……！　これは、わたしと彼の問題だし……」

「そんなこと言ったって、向坂が傷ついてるの知って放っておけるかよ！」

一之瀬くんが、わたしのことで怒ってくれている。

わたしには、もうそれだけで十分だよ。

万里くんとの問題は、……わたしの責任。

だから、そこは自分の力で解決したいから。

それから一之瀬くんは、「跡が残ったら大変だ」と言って、腫れに効く薬を買ってきてくれて、処置までしてくれた。

「偉そうなこと言っておきながら、結局……部屋に上がり

込んで悪かった」

「……ううん、そんなことない！　わたしのほうこそ、時間取らせちゃってごめんね」

「気にすんな。たぶん、これで痛みと腫れは引くだろうから」

「なにからなにまで、ありがとう」

　わたしが薬をしまい終えると、一之瀬くんは玄関で靴を履いていた。

「じゃあ、今度こそ帰るから」

「うん。今日は、本当にありがとう」

　ちょうど日が沈む頃、一之瀬くんは帰っていった。

　次の日。

　一之瀬くんの的確な処置のおかげで、頬の腫れと痛みはほとんど引いていた。

　２日ぶりの登校で、わたしは授業についていくのに必死だった。

　今日は一之瀬くんは学校に来なかった。

　だから屋上へは行かず、休み時間も教室の中で過ごしていた。

　そこで聞こえた……ある会話。

「……うっそ！　浮気してるの、バレかけたの!?」

「そうそうっ。いきなり彼氏が『スマホ見せろ』とか言ってきてさ」

　彼氏に浮気を疑われた女の子の会話だった。

「それで、……どうしたの？」

「見せたよ。何食わぬ顔でね」

「じゃあ、写真とか見られたんじゃないの～？」

「一番最初に見られたよ。でもそんな大切な写真、普通のところに保存するわけないじゃん！　なのに、彼氏ったら別のフォルダがあることも知らずに、必死に証拠探しててさ～！」

　……別のフォルダ？

　もし、あの壊れたと思っていたスマホの写真アプリの中にも、別のフォルダが存在するとしたら——。

　わたしは家へ帰るとすぐに、引き出しにしまっていたスマホを手に取った。

　そして、写真アプリの中をくまなく探すと、いくつかのフォルダを見つけた。

　その中で、1つだけ……タイトルのないフォルダがあった。

　そのフォルダを開いてみると、……1枚だけ写真が保存されていた。

　暗い背景に、2つの人影が写っているような写真だった。

　写真を拡大するために、画面に触れてみると……。

　そこに写っているのものを見た瞬間……、わたしは思わず息が詰まってしまった。

　拡大した写真に写っていたのは、きらめく夜景をバッグに仲よさそうに寄り添う男女。

　万里くんとも夜景を見に行ったときに写真を撮ったことがあったから、一瞬それと見間違えそうになった。

——でも、違う。

　ここに写っている女の子は、……わたし。

　だけど、はにかむわたしの頬にそっとキスをしている隣にいる男の子は——。

　背景の暗さに溶け込みそうな色の、緩めのパーマのかかった黒髪。

　そこに、流れるように入ったゴールドのハイライト。

　そんな髪型は、わたしが知る中でも——ただ１人だけ。

　そう。

　そこに写っていたのは、……なんと一之瀬くんだったのだ。

　あまりにも衝撃的すぎて、手が震えて汗がにじむ。

　夢か幻とさえ思った。

　だって、顔が密着するほど寄り添って……。

　しかも、一之瀬くんがわたしの頬にキスをしている。

　写真の中のわたしも、ものすごく幸せそうな表情をしている。

　これは、ただの友達同士という写真なんかじゃない。

　わたしたちは、付き合っていた——。

　……つまり、恋人同士だったんだ。

　撮影された日付を見ると、今年の３月に撮られたものだった。

　……わたしが事故にあう数日前のもの。

　ということは、わたしが事故にあって、意識不明のまま眠る前まで、わたしと一之瀬くんは……付き合っていた？

　一之瀬くんが、わたしの本当の彼氏……？

　……じゃあ、わたしが目覚めたときにそばにいた万里くんは、一体——。

「……ッ……!!」

　そう思った瞬間、激しい頭痛に襲われた。

　これまでにも突然襲ってきた……この頭痛。

　もしかしたら、なにか記憶を思い出そうとしているのかもしれない。

　もし、一之瀬くんがわたしの彼氏だということが真実なら……。

　思い出したい。

　わたしが忘れてしまっている、一之瀬くんとの記憶を。

　しかし、頭の痛みは徐々に和らぎ、結局なに1つ思い出すことはできなかった。

　記憶は蘇（よみがえ）らなかったけど、これで一之瀬くんとの関係に説明がついた。

　初めて会ったのに、なぜかそんな気がしなかったこと。

　そばにいると、なんだか落ち着くこと。

　キスに懐かしさや、温かさを感じたこと。

　そのすべてが、過去にわたしと一之瀬くんが付き合っていたことを物語っていた。

　それじゃあ、一之瀬くんが記憶を失くしたというのも、もしかして、わたしといっしょにいるときに同じ事故にあったんじゃ……。

　ということは、一之瀬くんが記憶の中で探していた『ユ

ナ』は——。

　……わたしのこと？

　ただ、名前はまったく違うけど……。

　新しい事実の発覚や、様々な憶測が飛び交い、頭の中が
混乱している。

　でもこれで、ずっと抱いていた疑念がはっきりした。

　と同時に、ある人に対して沸々と怒りが込み上げてきた。

　それは、——万里くんだ。

　万里くんは、わたしの『彼氏』だと言い続けてきた。

　わたしが記憶を失くす前から付き合っていたと。

　だけど、スマホのどこを探したって、万里くんが写る写
真や、万里くんと付き合っていたような形跡はなにひとつ
見当たらなかった。

　万里くんは、わたしに嘘をついている。

　わたしが目覚めたときから……ずっと。

　その日の夜、わたしは万里くんを呼び出した。

　緊張で暴れる心臓をなんとか落ち着かせようと、大きく
息を吐いた。

　——そのとき。

「よう、慈美。オレじゃなきゃダメだって、ようやくわかっ
たか？」

　ドアを開けるなり、そう言いながら万里くんが部屋に
入ってきた。

「……ちょっと、ここに座ってほしいんだけど」

　わたしは、小さなテーブルを挟んだ向かい側に、万里く
んに座るように促した。

　万里くんはわたしの表情を見るなり、眉をひそめる。

「なんか……怒ってんのか？」

　機嫌をうかがうように、わたしの顔を覗き込む万里くん。

「……おっ！　左頬の腫れ、なくなってるじゃん！　まあ、
そんなに強くしたわけじゃねぇからな」

「…………」

「もし、そのことで怒ってるなら勘違いするなよ？　あれ
は、『愛のムチ』ってやつだよ。慈美のことが、かわいく
てかわいくて仕方なく──」

「……嘘つきっ」

　万里くんの言葉にかぶせるように、わたしは喉の奥から
声を絞り出した。

　もう……なにを言ったって、万里くんの言葉は信用でき
ない。

「万里くんはわたしのことなんて、……好きでもなんでも
ない。ただ、自分の思いどおりにしたいだけっ」

　わたしは、万里くんを睨みつけた。

　すると、そのわたしの睨みになんてまったく動じていな
い様子の万里くんが、ひと言だけつぶやいた。

「……あ？」

　たったそれだけなのに、一瞬にして場の空気が重くなり、
わたしの体は石になったかのように硬直する。

　……万里くんの威圧感に萎縮してしまったのだ。

「慈美……。さっきからお前、なに言ってんだ？」

　万里くんが、わたしを鋭い視線で睨みつける。

　それは、わたしに声をかけようとするナンパたちを追い払うときによく見る目。

　ナンパたちだって、怯えて逃げてしまうほど。

　だから、わたしだってヘビに睨まれたカエルのように体がすくんでしまっている。

　……だけど、わたしがここでひるむわけにはいかない。

「わたしは、目覚めたときから万里くんがそばにいて、優しくしてくれて、……それがすごくうれしかった」

「だったら、それでいいじゃねぇか」

「……でも、違うの」

「なにが違うんだよ？」

　万里くんの問いに、わたしはつばをごくりと飲み込んだ。

　そして、ゆっくりと口を開ける。

「だって万里くんは……、わたしの『彼氏』でもなんでもないんだから」

　わたしがそう告げると、万里くんは一瞬目を大きく見開いた。

　そして、徐々に笑いが込み上げる。

「ハッハッハッ！　なんだよ、それ！　オレは、お前が記憶を失くす前から付き合ってるって、何度も言ったろ？慈美は記憶がねぇかもしれねぇけど──」

「たしかに記憶はないっ！　……でも、写真ならあった」

「写真……？」

　不服そうに、わたしを睨みつける万里くん。

　そんな万里くんに、手の震えをなんとか抑えながら、わたしはボロボロになったスマホを見せた。

「このスマホ、……まさか」

「わたしが、事故直前まで持っていたものだよ」

　その瞬間、わずかに万里くんの表情が凍ったように見えた。

　しかし、すぐにまた目つきを変える。

「……オレ、あのとき『捨てろ』って言ったよな？」

　わたしに念押しするように、言葉で圧をかける。

　……そう。

　万里くんは、あのときわたしにそう言った。

　『あのとき』とは、ここに引っ越してきて、部屋の片付けを手伝ってくれていたときだ。

『こんな壊れたスマホ、もう使わないだろ？　だから、こっちに入れておくな』

　万里くんの中では、あのときにこのスマホは捨てたものとばかり思っていたことだろう。

　でも、実際は違う。

「万里くんとの思い出が残っているかもと思って、実はずっと持ってたの」

「……なんだと？」

「それで、この前たまたま電源がついて……。見てみたら、万里くんとの写真は……１つもなかった」

　わずかに、目尻がピクリと動く万里くん。

　そして、視線が右斜め上に行く。

「そんなの……あるわけねぇだろっ。だってオレもお前も、写真とか撮るの苦手だったんだし……！」

「……うん。わたしも、そんなに写真に写るのは好きじゃないよ」

「だ……だろ!?　だったら、それで──」

「だけど、１つだけ残っていたの」

　わたしはそう言うと、スマホを指で操作した。

　そして、【写真】アプリに残されていた、タイトルなしのフォルダの中にあった……あの写真を見せる。

「これは、事故前の写真。だから、ここに写っているこの人が……わたしの彼氏なんだよ」

　一之瀬くんが、わたしの頬にキスをする写真だ。

　万里くんは、一之瀬くんのことは知らない。

　だから、あえて『この人』と言ったんだけど──。

　なぜか万里くんは、その写真を見て、みるみるうちに表情がゆがむ。

　そして、込み上げた憎しみを押し殺すようにしてつぶやいた。

「……一之瀬……彪雅ッ!!」

　しかも歯を食いしばって、今にも噛みつきそうな勢いだ。

「もしかして一之瀬くんのこと……知ってるの？」

「オレの前に、こんなヤツのツラ見せつけんじゃねぇ!!」

　万里くんは怒りだすと、テーブルに置いていたわたしのボロボロのスマホを取りあげた。

「なにするの……!?　万里くん!!」

　わたしが止めるのも聞かずに、万里くんは棚に置いてあった鉛筆立てから、挿してあったカッターナイフを引き抜く。

　そして、その刃の切っ先をスマホの画面に向けた。

「……やめて!!」

　と叫んだけど、すでに手遅れ。

　一之瀬くんと写っている写真の画面には、何度もカッターナイフの先端が突き刺さる。

　しばらくの間は明るかった画面だったが、しまいには力尽きたように暗くなってしまった。

　そうなっても、万里くんはなおも何度もカッターナイフを突き刺し、えぐるように引き抜く。

　呆然と立ち尽くすわたしの目の前で、万里くんはカッターナイフを投げ捨て、スマホの端と端を握ると、力づくでスマホをねじ曲げた。

　そして、中心部分がカッターナイフで粉々に砕かれたスマホは、そこを境にパキッと音を立てて折れてしまった。

「だから、『捨てろ』って言っただろ？」

　真っ二つになったスマホをゴミ箱へ放り投げる、万里くん。

　片方は、ゴミ箱の中へ。

　もう片方は、外れてゴミ箱の外へ落ちた。

「……慈美。さっきオレに、なんて言った？　どいつがお前の彼氏だって？　そんな証拠、どこにもねぇじゃねぇ

かっ」

　自分でスマホを再起不能になるまで壊しておきながら、この言い草。

　わたしと一之瀬くんの過去の関係を唯一証明するものは、……あの写真だけ。

　それが存在する可能性を恐れて、万里くんは前にスマホを捨てるように言ったんだ。

　なのに、まだわたしが持っていたと知って、しかもその中の写真まで見てしまったものだから——。

　あんなに逆上したのだ。

　唯一の証拠を隠滅（いんめつ）できて、万里くんはさぞかし清々しいことだろう。

　安堵の表情が窺（うかが）える。

　でも、これではっきりした。

　捨てるように言った、あのときの言葉。

　捨てたはずのスマホの存在を知ったときの取り乱し方。

　そして、一之瀬くんとの写真を見て、我を忘れて怒り狂うさま。

　なぜ、万里くんが一之瀬くんのことを知っているのか、２人がどういう関係なのかはわからない。

　だけど、万里くんの言動がすべて証明してくれた。

　わたしと付き合っていたというのは……『嘘』だったということを。

「……もう無理だよ」

「なにがだよ？」

「万里くんは、わたしにずっと嘘をついていた。それに、その嘘を認めようとしない。力でねじ伏せようとしている。そんなの、これからますます万里くんを信じていけるわけがない」

「だから、お前は黙ってオレに従っていれば──」

「そういうのがイヤなの！　わたしは、万里くんの都合のいい人形じゃない……！」

　わたしにだって、ちゃんと心がある。

　好きな人を『好き』と想える心が。

「……じゃあ、どうしたいって言うんだよ？」

「前にも言ったとおり、……別れて」

「それは聞けねぇ」

「そんなのは関係ない。万里くんがなんと言おうと、わたしは絶対に別れ──」

「てめぇ……。いい気になってんじゃねぇ！！」

　突然、万里くんはわたしの髪を鷲づかみにすると、そのままベッドに投げつけた。

　スプリングのあるベッドだけど、あまりにも強い衝撃で頭がクラクラする。

　そして、まだ平衡感覚が戻らずベッドに横たわるわたしの上に、万里くんが馬乗りになった。

「もしかして……。好きになったヤツっていうのも……一之瀬のことじゃねぇだろうな!?」

「……だったら、なに!?」

「ふざけんじゃねぇ!!」

　わたしの腕を捕まえ、無理やりベッドに押しつける。

　わたしは、涙目になりながらも万里くんを睨みつけた。

　すると、ハッとしたように一瞬万里くんの表情がひるんだ。

「……まさかお前、記憶が戻ったのか……!?」

「記憶……？　そんなの戻ってたら、わざわざあんな写真なんて見せる必要なく、万里くんと別れてる……！」

　必死に万里くんの下で暴れる。

　しかし、わたしの抵抗なんて……まったく意味がなかった。

「……なんだ、戻ってねぇのか。ビビらせんじゃねぇよ」

　万里くんは安堵のため息をつくと、わたしの制服のシャツの胸元に手をかけた。

「な……、なにするのっ……」

「バカなことほざいてやがるから、お前がだれのものかって、直接体に叩き込んでやるんだよ！」

　そう言うやいなや、万里くんはわたしのシャツを力づくで引きちぎった。

　そのせいで、小さなシャツのボタンがあちこちに散らばり、あらわになるわたしの胸元。

「……やめて、万里くんっ!!」

「うっせぇ！　お前は黙ってろ！」

　わたしを力と暴言でねじ伏せようとする万里くん。

　叩いたときといい、もしかしたら、これが万里くんの本来の姿なのかもしれない。

　優しかった万里くんのメッキが、どんどん剥がれていく。

「ヤダッ……！！　離してっ！」

「……いい加減、大人しくしやがれっ！」

　万里くんの怒りが収まることはない。

　なんとか抵抗しているけど、このままだとシャツをすべて剥がされるのは時間の問題だ。

　──そのとき。

「おいっ！！　さっきからうるせぇぞ！　一体、何時だと思ってんだ!?」

　突然、ベッドのすぐそばの壁が乱暴に叩かれ、隣から男の人の怒鳴り声が聞こえた。

　ここのアパートの部屋の壁は薄いから、大きな声を出したら、隣の部屋に筒抜けになる。

　だから、わたしと万里くんの言い争う声が隣にも聞こえていたようだ。

「……ったく、うっせぇな」

　万里くんは舌打ちをし、叩かれた壁を睨みつける。

　その瞬間に、わずかな隙が生まれた。

　万里くんが壁を睨みつける際に、手を止めたのだ。

　わたしはその隙を見逃さず、思いきり力を込めて、上に乗る万里くんを押しのけた。

　バランスが崩れ、ベッドから落下する万里くん。

　それを見て、わたしは無我夢中で部屋から飛び出した。

「待て、コラ！　慈美！！」

　あとから万里くんが追いかけて来る。

　外は、土砂降りの大雨だった。

　そんな中、わたしは街灯の灯りだけを頼りに、裸足のまま万里くんから逃げた。

　バイクで来ていた万里くんには、すぐに追いつかれることはわかっていた。

　だから、万里くんのバイクの音が聞こえたら、わたしはすぐに物陰に隠れた。

　わたしが電信柱とゴミ箱の陰に身を隠していることも知らずに、その横をバイクで通り過ぎていく万里くん。

　万里くんのバイクの音が徐々に小さくなっていって、ようやく胸を撫で下ろした。

　と同時に、心臓がバクバクしていて、寒くもないのに体がブルブルと震えているのがわかった。

　万里くんに襲われそうになったからという、怖さもあったかもしれない。

　でも、この鼓動と体の震えは……それだけじゃない。

　その原因は、万里くんのバイクの音……。

　最近は慣れたと思っていたけど、やっぱり万里くんのバイク音は苦手だ。

　……むしろ、嫌いだ。

　なぜだか、万里くんのバイクの音を聞くと、毎回恐怖に体が支配されそうな感覚に陥ってしまうのだった。

　バイクの音が聞こえないため、おそらく万里くんは近くにいないということはわかる。

　しかし、いつわたしの部屋に戻ってきたっておかしくな

い。

　次こそ、会ったらなにをされるかわからない。

　だから……、もうあの部屋へは戻れない。

　そう思ったわたしは、雨の中、おぼつかない足取りで『ある場所』を目指した。

　なんとか手で前を閉じ合わせたボロボロのシャツを着た制服姿のままで。

　そして、ようやく……その『ある場所』に辿（たど）りついた。

　そこで、わたしは『ある人物』の姿を見つけると、急に足に力が入らなくなって、その場に倒れてしまった。

「……一体、どうした!?」

　横たわるわたしにすぐさま駆け寄ってきて、抱き起こしてくれたその人とは——。

「一之瀬くん……」

　帰る場所も、頼る人もいない。

　そんな孤独なわたしが、唯一救いを求めたのは——。

　ＯＮＥのアジトにいるであろう、一之瀬くんだったのだ。

　一之瀬くんがいて、一之瀬くんの顔を見られて、ようやく安心することができた。

「こんな時間に……ごめんね……」

「そんなことよりも、ずぶ濡れじゃねぇか……!　なにがあったんだ!?」

「……たいしたことじゃないから、大丈——」

　そう言いかけて、わたしは気を失ったのだった。

伝わる想い

「……んっ……」

　かすかな物音がして、わたしは目を覚ました。

　どうやら私は、黒色の寝具に包まれて眠っていたようだ。

　……こんな色の布団、わたしは持っていない。

　体を起こして、ぼんやりとした視界で見渡してみる。

　どこか見覚えのあるような、ないような──。

　そのとき、部屋の隅の黒いカーテンが波打った。

　目を向けると、そこから現れたのは……わたしのよく知る人物。

「……一之瀬くん！」

　──ということは。

　ここは、ＯＮＥのアジトの一之瀬くんの部屋……！

　しかも一之瀬くんのベッドで、わたし……眠っていたんだ！

「向坂。無理しなくていいから、寝てろよ」

「で……でもっ……」

「食欲はある？　なにが食べられるかわからなかったから、一応おかゆにしたんだけど」

　一之瀬くんは、トレイに乗せたおかゆを目の前に出してくれた。

　ほかほかと温かい白い湯気が立ち、器の中には卵でうっすら黄色くなったおかゆが入っていた。

「……これ、一之瀬くんが？」

「ああ。でも俺の場合、食えればなんでもいいから、味付けは適当だから期待するなよ？」

　一之瀬くんはそう言うけど、鰹だし(かつお)の匂いがほんのりと漂い、食欲をそそられる。

「いただきます」

　わたしは手を合わせると、そっとレンゲでおかゆをすくい、口へと運んだ。

「……うん！　おいしいっ」

　素朴な味に、わたしは自然と笑みがこぼれた。

「ありがとう、一之瀬くん。朝ごはんにちょうどいいよ」

　ひと口食べたら、さらにお腹が空いてしまった。

　これなら、いくらでも食べられそうだ。

　すると、なぜか一之瀬くんの口角が少し上がっていた。

「……どうかした？」

「それ、朝メシじゃねぇよ」

「え……？」

「だって、もう昼だけど」

　そう言って、一之瀬くんは自分のスマホの画面をわたしに見せた。

　するとそこには、たしかに【12:48】と表示されていた。

　……まったく気づかなかった。

　ここは地下だから窓もなく、外の様子を確認することはできない。

　体感的には朝だと思っていたのに、まさかそんなに時間

がたっていたなんて……。

「……そうだ！　学校は!?」

「今から行っても、５限なんて間に合わねぇよ」

「そう……だよね」

「それに……、無理だろ？　そんな格好じゃ」

　一之瀬くんの言葉に、わたしはキョトンとして首を傾げる。

　そして、自分の格好に目をやると──。

　わたしは、なぜか黒色のバスローブを着ていた。

「こっ……、これは……!?」

「……悪いっ。俺が昨日、勝手にやった。全身ずぶ濡れだったから、ひとまず脱がさねぇと風邪引くと思って……」

　……そういえば。

　昨日、シャツを万里くんに引きちぎられて、なんとか胸元を隠しながら、制服姿のまま雨の中を逃げてきたんだっけ……。

　じゃあ、あのシャツとかは──。

　……全部、一之瀬くんが!?

　そんな心の声が表情に出ていたのか、一之瀬くんが顔の前で手を大きく横に振る。

「ちなみに、……体は見ないようにしたから！　そこは誓って、嘘はついてねぇから……！」

　いつもはクールな一之瀬くんが、顔を赤くして、テンパったように説明している。

　しどろもどろにならなくたって、一之瀬くんがそんなこ

としないことくらいわかっているのに。

　でも、それがなんだかおかしくて。

　わたしは、思わず笑ってしまった。

「……なに笑ってんだよ？」

「ううん！　なんでもないの」

　無我夢中で、ここへやってきたけど。

　間違いじゃなかった。

　一之瀬くんに助けを求めてよかった。

　そう思えたのだ。

「そういえば、やけに今日は静かだね」

　ここは、総長である一之瀬くんの部屋だけど、ＯＮＥの
アジトの中でもある。

　黒いカーテンの向こう側から、メンバーの声が聞こえ
たっておかしくないはずなんだけど……。

「今日は、だれもここに出入りしないように命令したから」

「……どうして？」

「だって、こんな弱った向坂……。だれにも見られたくねぇ
し、俺が見せたくもねぇ」

　……一之瀬くん。

　わたしのためを思って、そんなことまで――。

　すると、バスローブの袖から、両手首にまだらに広がっ
た紫色のアザが見えた。

　……このアザ。

　昨日、万里くんに押さえつけられたときにできたものだ。

　アザに目を移すわたしの視線に、一之瀬くんも気づいた

ようだ。

「……向坂。言いたくなかったら無理には聞かねぇけど、そのアザって……」

　眉を下げ、心配そうな表情でわたしを見つめる一之瀬くん。

　そんな一之瀬くんに対し、わたしはゆっくりと頷いた。

「……うん。昨日……彼氏にね」

　痛いくらいに腕を強く握られたけど、まさかこんなアザがつくほどとは思っていなかった。

　昨日のことはおそろしくて、思い出したら体が震えるくらい。

　早く忘れたいのに、目に届くところにアザがあっては、嫌でも思い出してしまう。

「……『別れたい』って言ったの。そしたら、手がつけられないくらい怒り出してっ……」

　万里くんの狂気的な顔。

　浴びせられた暴言。

　腕が折られるかと思うくらいの力。

　それらすべてがフラッシュバックして、わたしは喉が詰まって、一瞬声が出せなくなった。

　まるで、首を締められたかのような感覚に陥る。

　そこで、何度も深呼吸を繰り返して、なんとか心を落ち着かせた。

「……だから、逃げてきちゃった。どうしたらいいのかわからなくて……」

　まだ、手首のアザだけですんでよかったのかもしれない。

　あれ以上あの場にいたら、なにをされていたかわからない。

「突然来て、一之瀬くんにも迷惑かけちゃったよね。……ほんと、ごめ──」

　そう言いかけたとき、わたしは強い力に引き寄せられた。

「謝んな」

　真正面にいたはずの一之瀬くん。

　なのに、なぜかわたしの耳元で一之瀬くんの声が響く。

　──それもそのはず。

　気づいたらわたしは、一之瀬くんの腕の中にいたのだった。

「い……一之瀬くん……!?」

　一之瀬くんの真後ろにある姿見の中には、抱きしめられて困惑するわたしの顔が映っている。

「謝るのは、俺のほうだ。向坂がこんなになるまで、俺はなにもできなかった……。俺のほうこそ、ほんとにごめん……！」

「どうして、一之瀬くんが謝るの……？　だって一之瀬くんは、なにも悪くな──」

「一番大切な女も守れねぇなんて、こんな自分に、無性に腹が立つんだよっ……！」

　一之瀬くんは、さらにわたしを強く抱きしめる。

　まるで、絶対離さないと言っているかのように。

　……それが、少しだけ痛い。

　でもこの痛みは、万里くんに押さえつけられたときとは
違う。

　温かくて、思いやりのある痛みだった。

　一之瀬くんは一度わたしから体を離すと、そっとわたし
の頬に手を添える。

「向坂は、俺が守る。なにがあっても守ってみせる」

　一之瀬くんの男らしく、力強い言葉に、胸がトクンと鳴
る。

　それに、そんな真剣なまなざしで見つめられたら、目を
そらせるわけがない。

　そして、一之瀬くんは優しく微笑んだ。

「お前のことが好きだ。だから俺の女になれ」

　その言葉に、わたしは息を飲んだ。

　胸の奥から、熱いなにかがこみ上げてきて……。

　涙となって、あふれ出した。

　……もしかしたら。

　この言葉が、わたしが一番ほしかった言葉なのかもしれ
ない。

　由奈が、万里くんが──。

　そんなことはもう取っ払って、ただ一之瀬くんのそばに
いたい。

　『彼女』というかたちで。

　だって、一之瀬くんとわたしは、きっと記憶を失う前も
恋人同士だったから。

　そのわたしたちの関係を証明する写真は、もうなくなっ

てしまったけど……。

　それでも、わたしたちはまたこうして結ばれる運命だったんだ。

「好きだ。愛してる」

　一之瀬くんは、何度もわたしに「好き」と言ってくれた。

　わたしたちはそうして見つめ合うと、どちらからともなくキスをした。

　もう離れない。

　もう離さない。

　そうたしかめるかのように、わたしたちはお互いを求めて、無我夢中で唇を重ねた。

　そして、一之瀬くんはわたしの手を取ると、紫色のアザが残る手首に、そっとキスを落とした。

「もうこんなつらい思いはさせない。だから、安心して俺に守られろ」

「うんっ……」

　わたしの返事を聞くと、一之瀬くんは優しくわたしをベッドに押し倒した。

「……昨日の今日だから、本当はこんなことするつもりじゃなかった。でも、向坂のことが愛おしすぎて、歯止めがきかなくなってるっ……」

　クールなはずの一之瀬くんの熱い吐息が首元にかかる。

「向坂がいやなら、無理にはしないから。だから、そうなら言ってくれて──」

　わたしは一之瀬くんに手を伸ばすと、そのまま顔を引き

寄せてキスをした。

「……バカッ、なにしてんだよ！　これ以上やったら、マジでっ——」

「……いいよ。一之瀬くんなら」

　わたしがそう言うと、一之瀬くんは一瞬キョトンとした表情を見せた。

「向坂……。その言葉の意味、……わかってる？」

　その問いに、わたしはゆっくりと頷いた。

「わたしも……一之瀬くんに触れたい」

　わたしの言葉に、一之瀬くんの喉が鳴る。

「俺、理性がきかなくなってるから、……断るなら今だぞ」

「大丈夫だよ。だって、一之瀬くんだもん」

「なんだよ、それ。……だったら、もうどうなっても知らねぇからな」

　一之瀬くんはわたしの上に覆いかぶさると、再び優しいキスを落とした。

　それに応えるうちに、キスは甘く、激しく。

　一之瀬くんはどうなっても知らないなんて言っていたけど、まるでガラス細工を扱うかのように、わたしにそっと触れてくれた。

　万里くんには、昨日無理やり服を脱がされかけたけど、一之瀬くんは違う。

　一之瀬くんに触れられるところは熱を帯び、抱きしめられるたび幸福感に満たされる。

「一之瀬くん……、大好き」

「俺も。ずっとそばにいろ。むちゃくちゃに愛してやるから」

「うんっ……」

　わたしたちは、これまでの時間を埋めるように、何度も何度もお互いを求め、甘い時を過ごした。

　後日、改めてわたしはＯＮＥのメンバーに紹介された。

「向坂を俺の女にした。だから、もし向坂に危険が及ぶようなことがあれば、俺たちＯＮＥが全力で守ると誓ってほしい」

「「もちろんです、総長!!」」

　由奈のこともあったから、新たな姫となるわたしは嫌厭(けんえん)されるかと思ったけど、そんなことはまったくなかった。

「慈美さん。もしなにかあったら、すぐにオレたちを呼んでください!」

　慶さんの心強い言葉に、わたしは頷いた。

　このことを由奈に伝えなければ。

　そう思って、メッセージを送ってはみたのだけれど、一向に返事が返って来ることはなかった。

　いつもならすぐに返信があるはずなのに、まるでわたしのことを避けているかのように……。

　そして、万里くんとはあれからすべての連絡を断った。

　電話は拒否し、万里くんと繋がっていたメッセージアプリのＳＮＳのアカウントも削除した。

　これで、万里くんと繋がるものはなにもないはず……。

　わたしの部屋は、いつ万里くんがやって来るかわからな

いから、一之瀬くんには帰らないほうがいいと言われた。

　だけど、わたしには他に帰る場所がない。

　どうしたらいいものかと思っていたら——。

「ここにいっしょに住めばいいだろ？」

　そう一之瀬くんに提案された。

「……ここって。ＯＮＥのアジトに？」

「ああ。それなら、いつでもそばに向坂がいるから、俺も安心だ」

　一之瀬くんは、優しくわたしの頭を撫でてくれた。

　わたしも、電話やメッセージだけじゃなく、一之瀬くんがそばにいると心強い。

　それに、毎日でも一之瀬くんのそばにいたい。

「それじゃあ、お言葉に甘えて……」

「決まりだな。言っておくけど、ここにいっしょに住むってことは、毎晩愛してやるから覚悟しろよ？」

「まっ……毎晩!?」

「向坂は……いや？　だって、毎晩抱いたって抱きたりねぇくらいなんだから」

　そう言って、一之瀬くんはわたしに熱いキスをした。

　男だらけの暴走族の世界で生きてきた一之瀬くん。

　だから、『ユナ』以外の女の子には興味がないと思っていたけど——。

　でも、違った。

　一之瀬くんは、夜になったらとびきり甘いオオカミになって、その牙でわたしを甘噛みしてくるのだ。

　──そして、季節は変わり。

　街にイルミネーションがきらめく12月となった。

　わたしは付き合ってからずっと、一之瀬くんといっしょにＯＮＥのアジトで暮らしている。

　そして、学校もいっしょに行っている。

　通学中に元カレに出くわさないようにと、登下校も隣にいてくれる。

　ほんとに一之瀬くんは、優しくて、頼りがいがあって、とっても心強い、わたしの自慢の彼氏だ。

　このまま、お互いの記憶が戻らなくたっていい。

　だって、毎日が最高に幸せだから。

　わたしは、そう思うようになっていた。

　あれだけわたしに執着していた万里くんだけど、姿を見かけることは一度もなかった。

　まるで、万里くんという存在が夢か幻だったような……。

　そんなふうに思えてしまう。

　今日は、クリスマスイブ前日の23日。

　2学期の終業式を終えたわたしと一之瀬くんは、学校帰りに寄り道をしていた。

　クリスマス直前だからか、街には仲よさそうに寄り添って歩くカップルの姿が多く見受けられる。

　わたしは、他の人より頭1つ分ほど背の高い一之瀬くんのあとをついて歩いていた。

「向坂。人が多いから、俺から離れるな」

「……うん！」

　だけど、人混みに流され、一之瀬くんとの距離が遠のいていく。

　すると、手をそっと握られ、一瞬にして抱き寄せられた。

「向坂がいやっつっても、俺はやっぱりこうしておきたい」

　そう言って、一之瀬くんはわたしの指の間に自分の指を絡めてギュッと握った。

　——人前で手を繋ぐのは恥ずかしい。

　わたしが初めにそう言ったから、一之瀬くんは無理に繋いでくることはなかった。

　だけど、人の波に飲まれそうになるわたしを心配して、一之瀬くんが手を繋いでくれた。

「で……でも、やっぱりちょっと恥ずかしいよっ……」

「ごめん、向坂。今だけはこうさせて」

　一之瀬くんの温かい手。

　恥ずかしいとは言いつつ、一之瀬くんの手のぬくもりが心地よくて、振り払うことなんてできない。

「それに、周り見てみろよ？」

　一之瀬くんに促され、辺りに目をやると——。

　通り過ぎるカップルたちは、みんな手を繋いだり、腕を絡めたりしていた。

「だから、なにも人目を気にすることねぇだろ？」

「たしかに、そうだけど……」

　頬が真っ赤になって、俯くわたし。

　そんなわたしの耳元に、一之瀬くんがそっと顔を寄せた。
「それに俺たち、……毎晩手を繋ぐよりも恥ずかしいこと
してるのに？」
　ドキッとして顔を上げると、ニヤリと口角を上げる一之
瀬くんと目が合った。
　一之瀬くんは、反応に困るわたしを見て喜んでいる。
「そういう、初心な向坂も好き」
「……もう！　からかわないでっ……！」
　わたしの彼氏は、優しい。
　だけど、時々意地悪だ。
「すみませ〜ん。ちょっと今、お時間よろしいですか？」
　街を歩いていると、バインダーを胸に抱えた女の人に声
をかけられた。
「あの、『ＳＴＲＡＷＢＥＲＲＹ』っていう雑誌、ご存知で
すか？　私たち、そこの編集部の者でして……」
　その女の人は、わたしたちに名刺を差し出してくる。
　『ＳＴＲＡＷＢＥＲＲＹ』という雑誌は、女子高生に人
気のファッション誌だ。
　わたしもたまに、私服の参考に読んだりしている。
「今度、『街の美男美女カップル』っていう特集ページを作
る予定で、今何組かのカップルに声をかけさせてもらって
るんです」
　『ＳＴＲＡＷＢＥＲＲＹ』を読んでいると、街で声をか
けた女子高生たちのインタビューが掲載されていたりす
る。

　雑誌に載るだけで自慢にもなるから、『一度はそこに載っ
てみたい』という女の子たちの会話を耳にしたりもするけ
ど——。
「この特集に、ぜひおふたりにもご参加いただきたいと思
いまして！」
「……えっ。わたしたちが……ですか？」
　まさかこんなところで、偶然にも声をかけられるとは
思ってもみなかった。
「おふたりが目にとまって、特集にピッタリのカップルだ
と思いましたのでっ」
　どうやら、簡単なインタビューとわたしたちの写真を、
雑誌の特集ページに掲載したいのだそう。
「何枚かお写真を撮るだけですぐに終わりますので、ご協
力いただけないでしょうか!?」
　女の編集部の人の後ろにいた男のカメラマンさんが、首
から下げたカメラをわたしたちに向ける。
　『ＳＴＲＡＷＢＥＲＲＹ』に載ることに、憧れる女の子
も多い。
　だけどわたしは、そういうのには興味がなかった。
　それに、写真を撮られるのもあまり得意なほうではない。
　しかし、きっぱりと断ることもなかなかできない。
　そんなわたしが、編集部の人の話に流されてしまいそう
になっていると——。
「困ってるみたいなんで、それくらいにしてやってくださ
い」

　急に、ふわっと抱き寄せられた。

　そして、向けられたカメラのレンズに手をかざし、わたしを守ってくれたのは──。

　……一之瀬くんだった！

「こいつは、俺だけの女だから。雑誌とかに載って、人目にふれさせたくねぇから」

　一之瀬くんは、まるでわたしを包み込むようにして抱きしめた。

　こうして、一之瀬くんが断ってくれたおかげで、編集部の人たちは残念そうな顔を浮かべながらも、そのまま去っていった。

「一之瀬くん、ありがとう。助かったよ」

「そんなの、彼氏として当たり前だろ。俺はともかく、向坂が雑誌に載るなんて、ぜってぇ嫌だし」

「……そうだよねっ。わたしなんかが載ったって──」

「違えよ。もし雑誌なんかに載ったら、向坂のかわいさが、俺以外の男に知られるほうが耐えらんねぇよ」

　そう言って、一之瀬くんはムスッとした表情を見せた。

「向坂は、俺だけのものだから。だれにも渡したくないっ」

　そして、耳元に吐息がかかるくらいの距離で、一之瀬くんは甘い言葉を囁いてくれるのだった。

「そうだっ、一之瀬くん。ちょっと本屋さんに寄ってもいいかな？」

「おう」

　そう言って、一之瀬くんはまたわたしの手を繋いだ。

　そして、本屋さんへ。

「なに買いにきたんだ？」

「えっとね、レシピ本」

「レシピ本？　料理なら、いつもネットで検索してねぇか？」

「そうなんだけど、明日はクリスマスイブでしょ？　だから、普段とは違う料理にチャレンジしてみたくて」

　せっかくのクリスマスだから、一之瀬くんの喜ぶ顔が見たくて、明日は腕によりをかけて作りたい。

「レシピ本なんて買わなくたって、向坂の作るメシは十分うまいのに」

「……そんなことないよ！　それに、そろそろ料理のレパートリーも増やしてみたかったから」

「だったら、俺も手伝うよ」

「ありがとう。でも、一之瀬くんはいつも手伝ってくれるから、明日はわたし1人でがんばらせて」

　わたしのことを守ってくれる一之瀬くんに、わたしはなにもしてあげられていない。

　だから、せめて明日だけは……！

　その気持ちが通じたのか、一之瀬くんはフッと笑う。

「そういうことなら、向坂にお願いしようかな」

　大きな手で頭を撫でられ、わたしは俯いて照れ隠しした。

「そういえば、さっき声かけられた雑誌って……なんだっけ？」

「『STRAWBERRY』だよ」

「それって、人気なの？」

「うん、女の子たちの間では人気だよ。……あ！　ちょうど新刊が出てるっ」

　雑誌の新刊コーナーの前を通ると、たくさんのファッション誌が平積みされていた。

　その中に、今月号の『ＳＴＲＡＷＢＥＲＲＹ』を見つけた。

「へ〜。向坂も、こういうの読むんだ」

　一之瀬くんは、新刊の『ＳＴＲＡＷＢＥＲＲＹ』を手に取ると、ペラペラとページをめくる。

　今月の特集ページには、街で見つけたおしゃれな女子高生のインタビュー記事があった。

「もしかしたら、俺たちもこんなふうに載せられてたかもしれないってことだよな？」

「そうだね」

　一之瀬くんは、わたしを人目にふれさせたくないと言ってくれたけど、……わたしだってそうだ。

　わたしたちが載った雑誌のページを見ながら、女の子たちが一之瀬くんのことを指して、かっこいいなんて言っていたら——。

　たぶん……ヤキモチを焼いてしまう。

　それくらい、わたしは一之瀬くんのことが好きだから。

　そのあとも何気なくページをめくっていると、ふとある見出しが目に入った。

【専属モデルオーディション、結果発表！】

　それは、『ＳＴＲＡＷＢＥＲＲＹ』の専属モデルを決めるオーディションのページだった。

　去年の夏にエントリーがあり、秋に選考が行われ、ついに専属モデルが決まったそうだ。

　過去にこのオーディションで選ばれた専属モデルは、その枠を越え、有名な女優になっていたりと、メディアからの注目度も高い。

　数年に一度開催されているみたいだけど、今年はどんな女の子が選ばれたのだろう。

　そう思い、次の結果発表のページをめくってみると──。

「……えっ!?」

「あっ……」

　わたしと一之瀬くんから、思わず驚きの声が漏れた。

　まるで息を合わせたかのように、目を丸くしながら同時に顔を見合わせる。

　それもそのはず。

　１万人以上もの応募の中から、『ＳＴＲＡＷＢＥＲＲＹ』の専属モデルに選ばれたのは──。

　……毛先にかけて波打つ黒髪が魅力的な女の子。

　そう。

　それは、……由奈だった！

「向坂は、このこと聞かされてなかったのか？」

「……うん。由奈とは、少し前から全然連絡が取れてなかったから……」

　それがまさか、こんなかたちで由奈を見かけることにな

るとは思ってもみなかった。

　でも考えてみれば、由奈はスタイルもいいし、過去には読者モデルをしていたこともあったから、専属モデルに選ばれる素質は十分にあったのかもしれない。

「由奈って、中学のときから『将来はモデルになりたい』って言ってたんだよね」

「そうなんだ。じゃあ、夢を叶えたってことか。すごいな」

　由奈がどうしているかが気がかりだった。

　でも、とびきりの笑顔やクールな表情で写る由奈は、とてもキラキラして見えた。

　連絡もなくて、由奈には避けられているかもしれない。

　だけど、これを機にまた由奈にメッセージを送ってみようかな。

　一之瀬くんとのことは、由奈に直接伝えたいから。

　わたしはレシピ本を買うと、一之瀬くんといっしょに本屋さんを出た。

　少し歩いたところで、一之瀬くんのスマホが鳴った。

〈もしもし？〉

　どうやら、電話のようだ。

〈……え、今から？〉

　一之瀬くんの相づちの反応からすると、電話の相手はＯＮＥのメンバーからのよう。

　その内容は、急用でアジトに戻って来てほしいとのことだった。

〈今、向坂といっしょだから、もう少し待っ──〉

「一之瀬くん、わたしのことなら気にしないで」

　電話をする一之瀬くんに、わたしは声をかけた。

「でも……」

「ＯＮＥのみんな、困ってるんだよね？　だったら、行っ
てあげて」

　わたしがそう言うと、一之瀬くんは申し訳なさそうに眉
を下げて、こくんと頷いた。

〈じゃあ、今からそっちに向かうから〉

　そうして、一之瀬くんは電話を切った。

「……悪い、向坂」

「ううん、大丈夫」

「代わりに、すぐに慶をここによこすから」

「いいよ、そんなことしなくたって！」

「俺が心配なんだよ。だから、向坂はここで慶が来るのを
待ってて」

　子どもじゃないから、１人でも帰れる。

　だけど一之瀬くんは、わたしの身にもしものことがあっ
たらいけないと考えてくれていた。

「わかったよ。ありがとう」

　わたしは素直にお礼を言うと、一之瀬くんを見送った。

　慶さんとは、近くの公園で待ち合わせをしている。

　あのまま街の中で待っていたら、ナンパされる可能性も
あるからと、一之瀬くんにここで待つように言われた。

　この公園は、中央に大きな池があって、それを囲むよう
にハイキングコースがある。

　さっきまでの街の雑踏と違って、ボートを漕ぐカップルや犬の散歩をする人など、ゆったりとした時間が流れていた。

　慶さんを待ちながらベンチに座ってスマホをいじっていると、ふと見覚えのある制服姿が目の端に映った。

　ベージュのブレザーに、ネクタイ。

　それに、無地のスカート。

　あれは、わたしが以前通っていた高校の制服だ。

　懐かしいなんて思いながら遠目で見ていたけど、その制服姿の女の子は、わたしがよく知る人物と似ている気がする。

　目を凝らして見てみると、……なんとそれは由奈だった！

　一瞬、人違いかもしれないとも思ったけど、あの制服を着ているし、それにさっき雑誌で由奈の写真を見たばかりだから、間違いない。

　由奈は、この辺りでは見かけない制服の４人組の女の子といっしょだった。

　由奈は社交的だから、他校に友達がいたってなんら不思議ではない。

　だけど、……なんだか様子がおかしい。

　４人に囲まれるようにして歩いていて、わたしにはどこかへ連れていかれるように見えた。

　そして、由奈を含めた５人は、そのまま公園の中にある雑木林の中へ。

　仲のいい友達と遊びにきたという雰囲気ではなく、由奈の表情はどこか険しかった。

　気になったわたしは、由奈たちのあとを追った。

　ただでさえ今日はくもり空で、太陽の光が届きづらいというのに、雑木林の中は木々が鬱蒼としていてさらに薄暗かった。

　由奈たちは、どこに……。

　辺りを見回していると、静まり返った雑木林にこんな声が聞こえてきた。

「なにかと思ってついてきたけど、そんなことを言うためだけに、あたしを呼び出したの？」

　この声は、由奈だ。

　わたしは、声がするほうへ急いだ。

　わたしが木の陰から様子を窺うと、由奈は他校の制服を着た女の子４人と向かい合うようにして立っていた。

「そもそも、なんであんたなわけ？」

「どう考えたって、おかしいわよ！」

「どうせ、審査員にでも取り入ったんじゃないの？」

「そうそう。あんたの家って、金持ちなんだってね？　その金で、裏で手を回したんでしょ！」

　話の内容はよくわからないけど、由奈が他校の４人に責められているということはわかる。

　しかし由奈は、４対１だというのにひるむことなく言い返す。

「選ばれなかったからって、あたしのせいにしないでよね！

あなたには魅力がなかった、ただそれだけでしょ？」

　由奈のその言葉に、一番の背の高いミディアムヘアの女の子の表情が変わる。

　その人は、両隣にいた３人に目を向け、顎で合図する。

　３人は不気味な笑みを浮かべて頷くと、抵抗する由奈の両脇を無理やり抱え込んだ。

「……ちょっと！　なにするのよっ!?」

「危ないから、あまり動かないほうがいいよ」

　そう言って、背の高い女の子がブレザーのポケットから取り出したのは、……ハサミだった。

　それを見た由奈の顔が凍りつく。

「あんたが辞退しないっていうのなら、その自慢のきれいな黒髪……アタシがかわいく整えてあげる！」

　ハサミの刃を大きく広げ、由奈に歩み寄る女の子。

「……待って。なにかの冗談でしょ……!?」

　震える由奈の声。

「バカじゃないの？　冗談なわけないでしょ」

「大人しくしていれば、早く終わるからっ」

　怯える由奈を楽しそうに眺める３人。

「じゃあ、まずはバッサリ切っちゃいまーす♪」

「やっ……、やめて……!!」

　由奈の叫び声が雑木林の中に響く。

　その瞬間、無意識に体が動いていた。

　気づけば、わたしは思いきり体当たりをして、他校の女の子たちを落ち葉が積もる地面に押し倒していたのだっ

194

た。
「いったぁ……」
「な……なに？」
「だれ、……あんた？」
　4人は、わたしを睨みつける。
「ゆ……、由奈が嫌がってるんだから、やめてあげてください……！」
　由奈を後ろにして庇うように、4人の前に立ちふさがる。
「だれだか知らないけど、部外者は引っ込んでよね！」
「そうよ。あんたも巻き込まれたくなかったらね」
「そんな女庇ったところで、なんの得にもならないでしょっ」
　4人はわたしをあざ笑い、背の高い女の子は持っているハサミをチラつかせる。
「……慈美。なんでここにっ……」
　背中から、由奈の弱々しい声が聞こえた。
　どうやら由奈は、足の力が抜けて立てそうになかった。
　これではここから逃げられないだろうから、わたしがこの4人を食い止めるしかない。
　でも……、一体どうしたら……。
　——そのとき。
「慈美さん！！」
　どこからともなく、わたしを呼ぶ声が雑木林に響いた。
　そして、現れたのは……慶さんだった！
　そのあとには、ＯＮＥのメンバー3人もやってきた。

「慈美さん、こんなところでなにして――」

　と言いかけて、慶さんはわたしの後ろに由奈がいることに気がついた。

　そして、この場の状況を瞬時に理解したのか、慶さんは女の子たちに目を向ける。

「……キミたち。ウチのＯＮＥの姫に、なにか用かな？」

　慶さんの言葉に、４人の態度が一変する。

「「……ＯＮＥ!?」」

「ＯＮＥって、あの暴走族の…？」

　慶さんは、睨むことなく微笑んでいる。

　だけどその笑みは、どこか怖い。

　その表情に、女の子たちの顔が引きつる。

「話があるのなら、ぜひＯＮＥのアジトに来てもらおうか」

　慶さんが一歩歩み寄ると、４人は一歩後退りをした。

「ち、違うわよ！　用があるのは、その後ろの女でっ……」

　由奈を指さす、背の高い女の子。

　慶さんは由奈に目を向けると、こう口にした。

「由奈さんも、オレたちＯＮＥの仲間だ」

「はっ!?　その女も……!?」

　４人の顔から血の気が引いていくのがわかった。

「こんなところじゃ寒いだろうから、やっぱりウチのアジトに――」

「いっ……、行くわけないでしょ……！！　ちょっと遊んであげようとしただけで、なんでＯＮＥのアジトに連れていかれなきゃいけないのよ！！　意味わかんない……！」

　背の高い女の子はそう叫ぶと、ハサミをブレザーのポケットにしまった。

　そうして、4人組は逃げるようにして去っていった。

「……慈美さん、大丈夫ですか!?　待ち合わせの場所にいなかったから、なにかあったんじゃないかって……探しましたよっ」

　女の子たちがいなくなると、すぐに慶さんが駆け寄って来てくれた。

「……ごめんなさい。由奈の姿を見かけたので、つい……」

　そう言いながら、由奈のほうを振り返る。

「由奈、ケガはしてない?」

「慈美……」

　潤んだ瞳で、わたしを見つめる由奈。

　その視線が、ゆっくりとわたしの手首に向けられた。

「ちょっと……慈美!　血が出てる!」

　慌てて由奈が、わたしの左手首を握る。

　そして、ブレザーの袖をたくし上げると、一直線に入った傷から血が流れていた。

「……ほんとだっ。さっき間に入ったときに、ハサミが当たって切れちゃったのかも」

　由奈を助けることに必死だったから、全然気づかなかった。

「なに、のんきなこと言ってるの!　……大変じゃない!」

　由奈は、ブレザーのポケットからハンカチを取り出すと、わたしの手首に巻きつけた。

　慶さんたちは、早くアジトに戻って手当てをしたほうが
いいと言ってくれたけど、ただの切り傷だし、由奈のおか
げで血は止まったみたいだ。

「ありがとう、由奈」

「お礼を言うのは……、あたしのほうだよ。まさか……慈
美が助けに来てくれるなんて思ってなかったから」

「由奈が危ないっていうのに、放っておけるわけないよ」

　わたしは、由奈に微笑んだ。

　よかった……。

　久しぶりの由奈だけど、ちゃんと前みたいに話すことが
できている。

　そのあと、由奈を家まで送ることにした。

「そういえば、前にも慈美がああして助けてくれたよね」

「……そうだっけ？」

「そうだよ、忘れたの？　あたしがＯＮＥのメンバーに連
れていかれそうになったとき」

「ああ……！　たしかにそうだったね」

　だって、由奈はわたしの唯一の友達で、親友だから。

　由奈が危ないとわかって、助けに入るのは当たり前だ。

　わたしと由奈は、顔を見合わせて笑いながら並んで歩く。

　そんなわたしたちの後ろのほうでは、慶さんとＯＮＥの
メンバーが、会話は聞き取れない程度の距離を保って見
守ってくれている。

「ああして護衛してもらって、すっかり慈美はＯＮＥの姫
だね。……やっぱり、彪雅と付き合ってるんだ？」

　由奈の問いに、わたしは神妙な面持ちで頷いた。

「わたしと一之瀬くんとのこと……、知ってたの？」

「知ってたというか、彪雅に振られて、慈美からの連絡が来た時点でわかってたよ。慈美のことだから、わたしに直接伝えたいんだろうなって」

「……うん。でも、由奈と全然連絡が取れなくて……」

「そりゃそうだよ！　そんな話、聞きたくないに決まってるでしょ」

　由奈から、今こうして言われて再確認することができた。

　やっぱりわたしは、由奈にずっと避けられていたのだと。

「でも、あたしも大人げなかった……」

　そう言って、由奈は眉を下げて、切なげにため息をついた。

「自分で言って気づいたの。あたしはただ、彪雅に選ばれるだけの魅力がなかった。だけど慈美にはあった。それなのに、親友の慈美に当たるなんて、……どうかしてた」

　由奈が言っているのは、さっきの雑木林での出来事だ。

『選ばれなかったからって、あたしのせいにしないでよね！　あなたには魅力がなかった、ただそれだけでしょ？』

　由奈はあのとき無意識に口にしたけど、それが自分にも当てはまるということに、あとになって気づいたのだ。

「ずっと連絡くれてたのに、……無視してごめん。ちゃんと向き合わなきゃいけないのは、あたしのほうだった」

　由奈はわたしの手を取ると、頭を下げた。

　ようやく、わたしと由奈の絡まった糸が解けようとして

いた。

「今さらだけど……、また慈美と仲がよかった頃に戻りたい。……いいかな？」

　怯えた表情で、わたしを見つめる由奈。

　そんな由奈に、わたしは微笑んだ。

「もちろん。わたしだって、また由奈と仲よくしたいっ」

　由奈と前みたいな関係に戻ることは、もう無理なんじゃないかとさえ思っていた。

　だけど、こうして由奈とのわだかまりが取れて、本当によかった。

「そういうばさっきの女の子たちって、もしかして専属モデルオーディションの……？」

「うん、そう。慈美、あたしのオーディションのこと知っててたんだ？」

「たまたまだけど、本屋さんで雑誌を見かけて。由奈が載ってたから、びっくりしちゃった」

「そうでしょ～！　……でも、それであんな厄介なことになっちゃったんだよね」

　由奈は、重たいため息をついた。

　あの４人の中の——。

　背が高いミディアムヘアの女の子は、『ＳＴＲＡＷＢＥＲＲＹ』の専属モデルオーディションで、由奈と同じく最終選考まで残ったうちの１人だった。

　しかし、最後に選ばれたのは由奈。

　それで由奈を逆恨みし、辞退するようにとああして直接

200

迫ってきたらしい。

「口では言い負かせる自信があったから、大人しくついて行ったけど。……まさか、あんな強硬手段に出るなんて思ってなかったよ」

「……そうだったんだ」

「でも、慈美が来てくれたおかげで助かった。本当にありがとう」

　由奈はこう言ってくれているけど、おそらくわたし１人じゃどうにもならなかった。

　だけど、あそこで慶さんが駆けつけて、由奈もＯＮＥの仲間だと言ってくれた。

　その言葉が効果的で、由奈は有名な暴走族と繋がりがあると知った女の子たちは、相当ビビっていた。

　だから、今後由奈に嫌がらせをしてくることはないだろう。

「そういえば、彪雅とはうまくいってるのっ？」

　由奈が茶化すように聞いてくるものだから、わたしは照れながらも素直に頷いた。

「そっか～。隙があれば、また奪い返そうと思ったんだけどな～」

「……えっ、そうだったの!?」

「今だから言うけどね。それに、モデルオーディションだって、きっかけは彪雅を振り向かせたくて参加したんだ。１番になったら、また好きになってくれるかもと思って」

　由奈は、悪びれもなくわたしに微笑んでみせた。

　でも今となっては、その笑みさえも清々しく見える。

「彪雅は、このこと知ってるの？　あたしが専属モデルになって、なにか言ってた？」

「うん。由奈は将来モデルになりたかったっていう話をしたら、夢を叶えてすごいって」

「……それだけっ？」

　拍子抜けしたように、ポカンとした表情を浮かべる由奈。

　そして、呆れたようにため息をつく。

「だけどまぁ、なんだか彪雅らしいね。そもそも彪雅の眼中に、あたしはいなかったってことか」

　そう言って、由奈は笑った。

　別れてからも、由奈は一之瀬くんのことが諦めきれなかった。

　一之瀬くんは、由奈がずっと想いを寄せていた人だったから。

　……でも、ここである疑問が浮かぶ。

　由奈から、その想いを寄せている人がいるという話を聞かされたのは、中学3年生のとき。

　——だったら。

「どうして由奈は、そんなに前から一之瀬くんのことを知ってたの？」

　わたしがそう尋ねると、なぜか由奈はポカンとしている。

「どうしてって、中3のときに慈美があたしにスマホの写真を見せてくれたからだよ？　あたしが見たいってせがんだら、この人が彼氏だって」

「スマホの写真……!?」

「うん。夜景を観に行ったときの写真だって言ってたけど」

　その写真が、由奈が一之瀬くんに一目惚れするきっかけとなったもの。

　そしてそのときに、名前が『彪雅』ということだけわたしから聞かされたらしい。

　だから、『ユナ』と間違われて初めてＯＮＥのアジトに連れていかれたとき、一之瀬くんの下の名前を知っていたのだ。

　──夜景を観に行ったときの写真。

　おそらくそれは、ボロボロになったスマホに残されていた写真のことだ。

「わたしと一之瀬くんって、……やっぱり過去に付き合っていたの!?　教えて、由奈……！」

　わたしが食い気味に迫るものだから、由奈がキョトンとしてわたしを見つめている。

「……急にどうしたの？　思い出したから、また付き合い始めたんじゃないの？」

「ううん……。わたしも一之瀬くんも、まだ記憶は戻ってないけど……」

　それを聞いて、目を丸くして驚く由奈。

　しかし、なぜか柔らかく微笑んだ。

「お互いの記憶がないのに、また惹かれ合うなんて……。やっぱり、慈美と彪雅の間にあたしが入り込む隙なんてなかったんだね」

　そう言って由奈は、風になびく髪を耳にかけながら、遠くの空を見上げた。
「慈美は、ケガをしてまであたしを助けてくれたから……。だったらあたしも、慈美が望むなら、記憶を取り戻す手助けをしなくちゃ、割に合わないよね」
　どうやら由奈は、なにかを知っているようだ。
　これで、わたしの失くしてしまった記憶のピースが埋まるかもしれない。
「……由奈。わたし、知りたい。忘れてしまったものを取り戻したいから」
　わたしが覚悟を決めてそう話すと、由奈はゆっくりと頷いた。

MiLLiON

「長くなるから、そこに座って話さない？」

　由奈は、歩いていた河川敷にあったベンチを指さす。

　わたしは慶さんを呼ぶと、少しここで由奈と話をすることを伝えた。

「じゃあ、オレたちはあっちで待機していますから、なにかあったら呼んでください」

「ありがとうございます」

　慶さんたちの姿が見えなくなると、隣にいた由奈は口を開いた。

　……由奈は、わたしが目覚めてからずっと隠していた。

　わたしと一之瀬くんが、以前に付き合っていたということを。

　転校初日に、由奈と遊んだあの日——。

　由奈に、わたしが記憶を失くす前から付き合っていた彼氏のことについて、尋ねたことがあった。

　そこで由奈は、わたしが一之瀬くんに関する記憶を失っていることに気づいた。

　そのときすでに一之瀬くんに一目惚れしていた由奈は、できることならこのまま思い出してほしくないと思い、あのときとっさに嘘をついたのだ。

『……ごめん。慈美に彼氏がいることは聞かされてたけど、顔や名前とかは知らなくて……』

　それからONEのアジトへ行った際に、幸い、一之瀬くんもわたしの記憶を失くしていることを知った。

　そこで、自分の気持ちが抑えきれなくなった由奈は、自分が『ユナ』だと偽れば、一之瀬くんと付き合えるのではないかと考えた。

　その結果、由奈はずっと想っていた一之瀬くんと付き合うことができた。

　中学3年生のときのわたしは、一之瀬くんについてあまり多くを語らなかったようで、ONEの総長だったということは、アジトに連れていかれたときに初めて知ったんだそう。

　記憶のないわたしに嘘をつき、一之瀬くんを騙していることに罪悪感はあった。

　だけど、念願の一之瀬くんと付き合うことができ、しかも有名な暴走族の総長の彼女である姫にまでなり、由奈はすっかり酔いしれてしまっていた。

　しかし、幸せな時間は長くは続かず、一之瀬くんに突然別れを切り出される。

　『ユナ』じゃなくて、わたしのことが好きになってしまったと。

　わたしへの記憶がないにも関わらず、一之瀬くんが再びわたしを好きになったという事実に、由奈はどうしても納得がいかず、わたしに嫉妬した。

「こんなにも、彪雅のことが好きなのに……。そんなあたしよりも、お互いの記憶がないのになんでまた慈美な

の!?……って思ったよ」

　由奈は、そのときの思いも包み隠さず話してくれた。

「……そうだったんだ。でも、どうしてまた一之瀬くんと惹かれ合ったのかは、……わたしにもわからない」

　ただ、自然と一之瀬くんのことを好きになってしまった。

　過去に付き合っていて、しかも記憶がなくてもまた好きになったということは——。

　体が、心が、一之瀬くんのことを覚えていたのかもしれない。

　出会うべくして出会い、また惹かれ合う運命だったんだ。

　——となると、ここで1つの疑問が浮かび上がる。

「……じゃあ、万里くんは……？」

　万里くんは、わたしが病院で目覚めたときからそばにいた。

　わたしの『彼氏』だと言って。

　でも、……実際は違った。

　それなら、万里くんという人物は、一体……だれ？

「……万里くんね。あたしもよく知らないけど、慈美の彼氏じゃないのはたしかだよ」

　……やっぱり。

　それでも、わたしと一之瀬くんを再び引き合わせないように、由奈は万里くんとの付き合いがうまくいくことを望んでいたと。

「今となっては、万里くんが何者だったのかははっきりとはわからないけど……」

「……万里くんのことについて、なにか知ってるの？」

「あとから思い出したことが……１つある」

　由奈のその言葉に、わたしはつばをごくりと飲み込んだ。

「慈美って、『ＭｉＬＬｉＯＮ』の存在は知ってるの？」

「ＭｉＬＬｉＯＮ……？」

　初めて聞く名前だった。

　わたしが忘れてしまっているだけか、そもそも初めから知らないのかはわからない。

　けど、ＭｉＬＬｉＯＮはＯＮＥと同じく、この辺りでは勢力のある暴走族なんだそう。

　しかし、ＯＮＥとは違い、ＭｉＬＬｉＯＮは白旗を上げている他の族でさえも、片っ端から潰そうとする非道な集団。

　自分たちの視界に入る邪魔なものは排除し、服従させようとする恐ろしいグループだ。

「『ＭｉＬＬｉＯＮ』って名前は、多くのものを奪い取るという意味でもあるらしいの。……でも、そもそもの由来は、どうやら総長の名前が関係してるんだって」

「総長の……名前？」

　そういえば、前に一之瀬くんから『ＯＮＥ』の由来を聞かされたことがあった。

『一番大切なものを守れるように』

　そうした由来に、一之瀬くんの名字の『一』をかけて、『ＯＮＥ』と名乗ることにしたと。

　──じゃあ、『ＭｉＬＬｉＯＮ』とその総長の名前の関

係は？

「ミリオンって、日本語だと『百万』って意味でしょ？最近知ったんだけど、ＭｉＬＬｉＯＮの総長の名字は、漢数字の百に、お城の城で、『百城』って読むらしいの」

だから、……『ＭｉＬＬｉＯＮ』。

──でも、……あれ？

『百』だけじゃ、『ミリオン』じゃなくて、『ハンドレッド』だ。

だったら、……『万』はどこへ？

そう思って考えてみると、あることがわたしの頭の中に浮かんだ。

だけど、それに気づいてしまったとき、わたしの額に冷や汗がじわりとにじみ出たのがわかった。

自然と表情もこわばっていく。

「……ようやく気づいた？」

わたしの顔を覗き込む由奈。

由奈は、すべてわかっていた。

わたしが、『ＭｉＬＬｉＯＮ』の名前の由来に関する答えにた辿りついてしまったことを。

そして、その答えが正解だということに。

「総長の名前は、『百城万里』。名字の『百』と、名前の『万』を合わせて、『百万』。……つまり、『ＭｉＬＬｉＯＮ』ってわけ」

まさか、『ＭｉＬＬｉＯＮ』の総長が──。

……あの、万里くんだったなんて。

　さらに、由奈は続けた。

「しかも、ＭｉｌｌｉＯＮの総長は、狙った獲物は絶対に逃さないって噂。なんとしてでも、地位も女も手に入れようとするらしいの」

　それを聞いて、なんとなく納得はできた。

　なぜなら、別れ話を告げたとき――。

『オレだって、本当はこんなことしたくねぇよ。でも、慈美が寝ぼけたことを言い出すから、……ついっ』

『オレは慈美のことが好きだから、こうしてるんだよっ』

『とにかく、オレは別れる気はねぇからな。慈美にふさわしいのは、このオレだ！』

　『好きだから』という理由で、感情に任せてわたしを叩いた。

　そして、「別れたい」と切り出したことに対して、聞く耳を持ってくれなかった。

　それまで優しくしてくれていたのに、急に態度が一変して……。

　万里くんの仮面が剥がれた瞬間だった。

　おそらく、優しさで塗り固められていた仮面の裏側が、本当の万里くんの顔だったのだ。

「慈美、気をつけて。あれから慈美が万里くんとどうなったかは知らないけど、油断しないほうがいいよ」

　そう言って、由奈は心配そうにわたしを見つめた。

「……ありがとう、由奈。失くした記憶のことだけじゃなくて、そんな大事なことまで教えてくれて」

　こうして、由奈はすべてを話してくれた。

　わたしと一之瀬くんは、中学3年のときから付き合っていた。

　しかし、わたしにはそのときの記憶がない。

　同じく、一之瀬くんにも。

　おそらく、記憶を失くすきっかけとなった事故が原因に違いない。

　そして、万里くんはやはりわたしの彼氏なんかじゃなかった。

　それどころか、ONEと敵対しているMiLLiONの総長だった。

　なんのために、彼氏と偽ってまでわたしのそばにいたのかはわからない。

　わからないけど、万里くんはわたしを自分のものにし、支配しようとしていたのはたしかだ。

　──あの万里くんが。

　久々に、万里くんの顔を思い出した。

　優しかったときの穏やかな表情と、激怒したときの表情が頭の中に浮かぶ。

　すると、そのときっ──。

「……ッ……!!」

　わたしの頭に痛みが走る。

　……久しぶりだ、この感覚っ。

「……慈美!? どうしたの……!!」

　隣にいた由奈が、わたしの異変に気づく。

「だ……、大丈夫っ……」

　そんな由奈を心配させまいと、わたしは痛みに耐えながらも、なんとか笑ってみせた。

　きっとしばらくすればよくなるはずだから。

　と思っていたものの、痛みは徐々に強くなっていく。

　それに、なぜか万里くんのことを思い出そうとすると、さらに頭痛が激しくなるのだった。

「慈美、しっかりして……！」

　由奈がそう声をかけてくれるものの、頭痛は一向に治まる気配がない。

　一之瀬くんの顔が浮かぶ。

　しかし、それはすぐに万里くんの顔に書き換えられてしまう。

　わたしが求めているのは、一之瀬くんで……万里くんじゃない。

　万里くんじゃ──。

　そのとき、これまでに感じたことのない激しい痛みの波が押し寄せた。

　頭が割れそうで、息をすることすらできない。

「け……慶さん！！　早くきてっ！　慈美が……！！」

　向こうで待機してくれている慶さんを呼ぶ、由奈の声。

「どうかしましたか、由奈さ──……慈美さんっ!?」

　どうやら慶さんも、わたしの異変に気づいたようだ。

「なにがあったんですか……!?」

　慶さんやＯＮＥのメンバーが、慌てて駆けつけてくれる。

「どうしよう……！　慈美が急にっ……」
「落ち着いてください、由奈さん！」
　朦朧とする意識の中で、みんなの声が徐々に遠のいていき……。
　そこでわたしは、意識を失ってしまった。

　──どれくらいたっただろうか。
　わたしがゆっくりとまぶたを開けると、間接照明の柔らかいオレンジ色の明かりで照らされた天井が見えた。
　由奈たちと河川敷にいたはずだけど、なぜだかわたしはＯＮＥのアジトの一之瀬くんの部屋にいた。
　部屋には、他にだれもいない。
　わたしの額には濡れたタオルが置かれていて、ベッドで寝かされていたようだ。
　あんなに激しい頭痛だったにもかかわらず、まるであれが嘘かのように、今はなんともない。
　いや。
　むしろ、スッキリしたくらいだ。
　わたしの頭の中にあったもやが一瞬にして取り除かれたような。
　今まで隠れていた部分が、あらわになったような。
　そんな感覚だ。
　なぜならわたしは、……思い出してしまった。
　これまで忘れてしまっていたこと、すべてを。
　わたしは、気を失っている間に夢を見た。

　……でも、あれは夢なんかじゃない。

　おそらく、わたしが忘れてしまっていた記憶がフラッシュバックしたものだ。

　──それは、とても恐ろしい光景だった。

　真っ暗闇の曲がりくねった山道を走る、１台のバイク。

　それを運転するのは、一之瀬くん。

　その一之瀬くんの背中に、しがみつくようにして後ろに乗っているのは……わたし。

　激しい雨が容赦なくわたしたちに打ちつけ、凍えるような寒さだった。

　そんなわたしたちが乗るバイクのすぐ後ろには、無数のヘッドライトが迫ってきていた。

　追い立てるように、バイクのクラクションが鳴り響く。

　わたしたちは、とある集団に追われていたのだ。

　その集団こそが、──『ＭｉＬＬｉＯＮ』。

　無数のヘッドライトの先頭を走るバイクにまたがっている銀髪の人物……。

　それが、万里くんだった。

　別れ話を切り出したときのように、血眼になってわたしたちを追ってきていた。

「慈美、しっかりつかまってろよ……！」

「うん……！」

　一之瀬くんは、わたしを気遣いながらもスピードを上げて、ＭｉＬＬｉＯＮから引き離す。

　しかし、ＭｉＬｉＯＮもそう簡単に引き下がってはくれない。

　徐々に距離を詰められ、バイクのサイドミラーに映る一之瀬くんの表情には、焦りの色が見えはじめる。

　このままでは、追いつかれるのは時間の問題だ。

「……慈美。次の大きなカーブを曲がったら、一旦そこで下りて茂みの中に隠れろ」

「彪雅は……!?」

「俺はそのまま、あいつらをおびき寄せる。おそらく、慈美が隠れていることにすぐには気づかねぇはずだから、その間に１人で逃げろ……！」

「そんなことしてっ……、彪雅はどうなるの!?」

「……俺の心配なんてどうだっていいんだよ！　百城の狙いは、慈美だ！　お前さえ無事なら、あとはなんだっていいっ」

「……そんな。このままいっしょに逃げようよ……！」

　わたしは、すがるように一之瀬くんに抱きついた。

　不安で押し潰されそうなわたしに、フッと口角を上げた一之瀬くんの横顔が見えた。

「俺なら大丈夫だよ。忘れたか？　俺が、ＯＮＥの総長だってことを」

「……彪雅」

　その言葉を聞いて、わたしは胸の奥がざわついた。

　言われたとおり、次のカーブを曲がってバイクを下りてしまったら、もう二度と一之瀬くんには会えないよう

な――。

　そんな気がしてならなかった。

「……やっぱりダメだよ！　わたし、彪雅といっしょじゃなきゃ……やだっ」

　わたしは、離れまいと一之瀬くんの背中をギュッと抱きしめた。

「こんなときに、なに言ってる……！　もしまた百城につかまったら、今度こそなにされるかわからねぇんだぞっ!?」

「だからって、彪雅と離ればなれになるなんて……絶対にイヤだ！　……わたしは、彪雅とずっといっしょにいたい……」

　記憶の中のわたしは、目に涙を浮かべていた。

　一之瀬くんに守られて、１人で逃げのびるのではなく、なにがあっても絶対にいっしょにいたいという強い思いがあった。

　それは、今のわたしと同じだ。

　そんなわたしの思いを聞いて、一之瀬くんは呆れたようにため息をつく。

「……ったく。俺のお姫様は、ずいぶんとわがままらしい」

　だけど、そうつぶやく一之瀬くんの横顔は――。

　笑っていた。

「スピード上げるから、振り落とされるなよっ」

「うん！」

　一之瀬くんはハンドルを握り直すと、さらにスピードを上げた。

　わたしのヘルメットから流れる長い髪は、毛先にかけて風に煽られて暴れている。

　その髪を左手で押さえ、右手はしっかりと一之瀬くんの胸の辺りへまわしていた。

　さらにスピードが上がったバイクと、一之瀬くんのハンドルテクニックで、縮まりかけていたMiLLiONとの距離が、また徐々に開き始める。

　このまま引き離せば、逃げ切れるかもしれない。

　そう思っていた、──そのときっ！

　カーブを曲がった次の瞬間、ピカッと一瞬視界が奪われるくらいの光を真正面に受け──。

　その陰から、突如大きなトラックが姿を現したのだった……！！

　それを避けようと、一之瀬くんは瞬時にハンドルを切った。

　山道に響き渡る、トラックの大きなクラクション。

　そのトラックのまとった風が、真横をかすめていくのがわかった。

　なんとか、トラックとの接触は避けられた。

　しかし、雨で滑りやすくなっていた地面にタイヤがスリップ。

　ハンドル操作を奪われたわたしたちが乗ったバイクは、そのまま大きくバランスを崩し──。

　甲高いブレーキ音とともに、わたしと一之瀬くんの体は路上に投げ出されてしまったのだった。

　——わたしは、ゆっくりと目を開けた。

　固くて、冷たい地面の上に転がる……２つのヘルメット。

　道路にうつ伏せになって倒れるわたしの左側には、ガードレールにぶつかり停止した大型トラックが。

　そして、わたしの真正面には、右側を下にして倒れる一之瀬くんの姿があった。

「ひゅ……彪雅っ……」

　一之瀬くんのそばまで行こうとするも、まるで自分の体じゃないかのように、手足がいうことを聞いてくれない。

　……全身に、痛みが走る。

　一方、一之瀬くんは倒れたまま動かない。

　わたしは地面をはうようにして、なんとか一之瀬くんのそばへと辿りついた。

　精一杯腕を伸ばして、ようやく一之瀬くんの頬にわずかに指先が触れる。

「彪雅……、ねぇ……起きてっ」

　一之瀬くんの頭から頬に流れる血を拭いながら、そう呼びかける。

　……すると、かすかに反応があった。

　まぶたがピクッと動き、そしてゆっくりと目を覚ましたのだ。

「……慈美……。大丈夫……か……」

　一之瀬くんは、かすかに聞こえるくらいの声を絞り出す。

「……うんっ。わたしは……大丈夫だよ。……彪雅は？」

「俺も……たいしたことねぇよ」

　当然、お互い大丈夫なわけがなかった。

　でも、わたしたちは傷だらけの顔で、まるでお互いを励ますように、力なく頬をゆるませて笑ってみせる。

　──そのとき。

　背後に、バイクのブレーキ音が聞こえた。

　そして、バイクから下りる足音が徐々にわたしたちに向かって近づいてきたのだった。

　それはまるで、地獄へのカウントダウンのように聞こえる。

　この足音──。

　振り向かなくたって……わかる。

　それに気づいた一之瀬くんは、自由に動かない体でなんとか力を振り絞り、わたしを引き寄せる。

「……慈美っ」

　そうして、わたしを腕の中へと包み込んだのだ。

　寒さと痛みで震えながらも、一之瀬くんは万里くんからわたしを守るようにして覆い被さる。

　いくら最強といわれているONEの総長でも、こんな状況では万里くんに勝てないことは明らかだった。

　こんなにボロボロになっても、最後までわたしを離さない一之瀬くんに、わたしはその腕の中で涙が溢れたのだった。

「……彪雅、もういいよっ」

「なにがいいんだよ……」

「これじゃあ……、彪雅がなにされるか──」

　すると突然、泣きじゃくるわたしの唇を一之瀬くんが塞いだ。

「……バーカ。俺はそう簡単にくたばらねえよ」

　そして、わたしに向かって笑ってみせる。

　しかしその直後、わたしを抱きしめる一之瀬くんの体に強い衝撃が走った。

「まだ生きてんのかっ。この……死に損ないが！」

　そう上から吐き捨て、一之瀬くんの背中を何度も蹴り飛ばす万里くん。

「さっさと慈美を渡せっ‼　そうしたら、命だけは助けてやるよ！」

　わたしを必死に庇う、無防備で無抵抗な一之瀬くん。

　その体を、万里くんはまるでサンドバッグのように感情にまかせて蹴り、踏みつける。

「彪雅っ……！」

　歯を食いしばりなんとか耐えるも、その痛みに一之瀬くんの表情がゆがんでいく。

「彪雅、……もうやめて。言うとおりにしたら、彪雅だけは助かるからっ……」

「お前をあいつなんかに渡せるわけねぇだろっ……。それなら、死んだほうがマシだ」

「……でもっ！　このままじゃ、本当に彪雅が死んじゃうよ……‼」

　わたしは、胸が押し潰されそうなくらい……怖かった。

　万里くんの一方的な暴行よりも、一之瀬くんがわたしの

もとからいなくなってしまうことのほうが。

「……そんな顔すんな。俺は、ずっと慈美のそばにいる。守ってみせるから」

「彪雅……」

「だって、愛してるから。『ユナ』——いや、慈美のことを」

こんな状況だというのに、一之瀬くんは熱くて甘い言葉をわたしに囁いてくれる。

「……彪雅、わたしも愛してる」

わたしもそう告げて、一之瀬くんの首に腕をまわした。

「なにがあっても愛し抜く」

一之瀬くんは、覇気のこもった力強いまなざしをわたしに向けた。

まるで、その言葉に誓うかのように。

それに応えるように、わたしもゆっくりと頷いた。

「だから——」

「いい加減、どけってんだよ‼」

一之瀬くんがなにかつぶやこうとしたそのとき、万里くんが凄まじい蹴りを入れた。

その一撃が一之瀬くんの頭部に直撃し、その反動で一之瀬くんの体は吹っ飛び、地面に叩きつけられる。

「……彪雅っ‼」

わたしは意識の朦朧とする中、ピクリとも動かなくなった一之瀬くんに、届きもしない手を伸ばした。

しかし、その手を上から容赦なく踏みつけられる。

「ようやく邪魔者がいなくなったな、……慈美」

　おそるおそる顔を上げると、そこには不気味に笑う万里
くんが立っていた。

　もちろん、目は笑ってはいない。

　そのあまりにも恐ろしい光景に、わたしは身震いしたの
を覚えている。

　……そして、そこでわたしは力尽きてしまったのだった。

　薄れる意識の中で、ぼやけた視界に映ったもの。

　それは、パトカーや救急車の赤いパトライトの光だった。

　そして、慌ただしく動く救急隊員の影。

　よかった……。

　これで、一之瀬くんが助かる。

　と思ったのも束の間——。

「この女性の付き添いは、あなたですか？」

「そうです。オレの彼女なんです」

　救急隊員とのやり取りで聞こえてきたのは、万里くんの
声だった。

「……それじゃあ、同じく倒れていたあちらの男性は？」

「あいつは……知りません。ただ、オレの彼女を無理やり
バイクに乗せて連れ去って、……それでっ」

　その言葉に、耳を疑った。

　……違う、そんなんじゃない。

　その人が言っていることは、全部嘘なのにっ……。

　そう伝えたいのに、体が鉛のように重くて声を出すこと
もできない。

「ひとまず、受け入れ先の病院が分かれたので、別々の所

へ搬送します」

「……それはよかった。よろしくお願いします！」

　ストレッチャーに乗せられたわたしのすぐ真横には、同じくストレッチャーに横たわる一之瀬くんの姿がぼんやりと見えた。

「……ひゅ……うがっ……」

　なんとか手を伸ばしてみるも、まるでわたしたちの間を裂くように、すぐにその手をだれかに握られた。

「心配するな、慈美。オレがそばについてるからっ」

　それは、恐ろしいくらいにニヤリと微笑む万里くんだった。

　こんな手……。

　できることなら、今すぐにでも振りほどきたいくらいだ。

　しかし、わたしにはそんな力も残されてはなく、頭にズキンと痛みが走った瞬間、そのまま意識を失ってしまったのだった。

　そうして、わたしは２ヶ月もの間、病院のベッドの上で眠っていた。

　その傍らには、わたしたちの仲を引き裂いた張本人である、ＭｉＬｌｉＯＮの総長がいるとも知らずに。

　事故の衝撃と、その事故の原因となった万里くんの異様なまでの執着心。

　さらに、重症の一之瀬くんを目の当たりにし、そのような状況で引き裂かれたこと。

　そのすべてがショックとなり、わたしはこの事故に関す

　ることを思い出すのをためらったために、記憶を失くして
しまったんだ。

　そして偶然にも、同じく一之瀬くんも。

　このときの万里くんは、心の中でどんなに歓喜していた
ことだろうか。

　そんなことを考えるだけで、はらわたが煮えくり返りそ
うだ。

　時間はかかったけれど――。

　こうして、今、すべての記憶を取り戻した。

　しかし、これまで本当に長い夢の中をさまよっていた。

　なにが真実で、なにが嘘かもわからず……。

　愛し合っていたはずの一之瀬くんのことすら忘れてし
まっていた。

　それどころか、一時的だったとはいえ、万里くんのこと
を本当の彼氏とさえ思い込んでいた。

　――だけど、そんなはずなかった。

　万里くんはわたしの彼氏どころか、当時一之瀬くんから
力づくでわたしを奪い取ろうとしていた悪者だったのだか
ら。

　あの日だって、無理やり万里くんに攫われた。

　万里くんのバイクに乗せられて。

　記憶を失くしたあと、なぜか万里くんのバイクに乗るの
をためらったのは、そのときの出来事を体が覚えていたか
らだ。

　そんなわたしを助けるために、一之瀬くんがMiLLi

ONのアジトに1人で乗り込んできた。

　そして、わたしを助け出したあとに、あの事故に巻き込まれてしまったのだ。

　さらに、これまで謎に包まれていたことが、わたしの記憶が戻ったことによって、ようやく明らかになった。

　それは、——『ユナ』という名前。

　『ユナ』は、一之瀬くんが空想で思い描いた名前なんかじゃない。

　ましてや、『由奈』のことでもない。

　わたしは、たしかに一之瀬くんから『ユナ』と呼ばれていた。

　2人きりのときは、『慈美』。

　だけど、それ以外は『ユナ』だった。

　『ユナ』は、わたしの呼称だったのだ。

　中学3年生のときに、MilliON総長の万里くんに目をつけられた。

　ストーカーのようにしつこく追いまわされ、攫われそうになったこともあった。

　そんなわたしを助けてくれたのが、偶然その場を通りかかったONEの総長である一之瀬くんだった。

『悪いが、こいつは俺がもらっていく』

　そう言って、わたしを万里くんの元から連れ去った。

　一之瀬くんは、また狙われてはいけないと言って、ONEのアジトにわたしをかくまってくれた。

　それをきっかけに、お互いに惹かれ合い——。

『こんなにだれかを好きになったのは……慈美が初めてだから』

　わたしたちは、恋に落ちる。

『……慈美、好きだ』

『わたしもだよ、彪雅っ……』

　理屈なんて関係なしに、まるでそうなる運命だったかのように、わたしと一之瀬くんは恋人同士になった。

　しかし、『慈美』という名前は、万里くんに知られてしまっている。

　だから、ＭｉＬＬｉＯＮと敵対するＯＮＥの総長の彼女が『慈美』であると知られないために――。

　そのカムフラージュとして、一之瀬くんはわたしのことを『ユナ』と呼んだ。

　たとえ、それがＯＮＥのメンバーの前であっても、わたしの本当の名前を明かさなかった。

　一之瀬くんは、わたしの存在をだれにも知られたくないくらい大切にしてくれていたのだ。

　そして、わたし自身も『慈美』と呼ばれることと、『ユナ』と呼ばれること、その両方ともがうれしかった。

　――なぜなら。

　『ユナ』とは、ラテン語で『1』を意味する。

　それは、一之瀬くんにとっての『1番』ということ。

　わたしは、だれに汚されることもなく、一之瀬くんから一心に愛情を注がれ、独占され、溺愛され、大事に大事に守られてきたのだった。

　ＯＮＥの姫として。

　『ユナ』は、一之瀬くんの夢の中の幻の姫かと思ったけれど――。

　たしかに実在した。

　それが、わたしだったのだ。

　一之瀬くんも、わたしや事故に関する記憶は失くしてしまったけれど、唯一『ユナ』という名前は覚えてくれていた。

　わたしが、『なにがあっても愛し抜く』という一之瀬くんの言葉を覚えていたように。

　わたしは、ゆっくりと体を起こす。

　突如激しい頭痛に襲われ倒れてしまったけど、そのおかげですべての記憶を取り戻すことができた。

　改めて、万里くんの恐ろしさに体が震える。

　だけどそれ以上に、わたしは一之瀬くんに愛されていたことがわかった。

　当時は、お互いを名前で呼んでいた。

　名字で呼び合っている今では、それはどこか恥ずかしいような……。

　でも、なんだか懐かしいような気もする。

　そのとき、部屋の入口の黒いカーテンが揺れた。

「……向坂？　気がついたのか!?」

　目を覚ましたわたしを見て、一之瀬くんが慌てて駆け寄って来てくれた。

「大丈夫か……？　慶たちから、倒れたって聞いて……」

　どうやらあのあと、慶さんたちがわたしをアジトに連れ帰って来てくれたようだ。

「……うん、ちょっと頭痛がね。でも、もう大丈夫だから」

「そうか……、よかった」

　わたしの言葉に、一之瀬くんはほっとしたようにベッドに腰を下ろした。

　他に痛いところはないかと、心配してくれる一之瀬くん。

　記憶が戻る前も愛おしかったけど、今ではさらにそんな一之瀬くんのことが愛おしくてたまらない。

　わたしは一之瀬くんに抱きつくと、そのままいっしょにベッドの上に倒れ込んだ。

　そして、一之瀬くんにキスをする。

　驚いたように、目を丸くする一之瀬くん。

「急に……どうしたんだよ？　いつもの向坂と……なんか違うぞ？」

　──そんなの、当たり前だ。

　だって、わたしは一之瀬くんとの記憶をすべて思い出したのだから。

　次から次へと好きが溢れすぎて、自分じゃ止められないくらい。

「こんなわたしは、……いや？」

　わたしが不安げに見つめると、一之瀬くんは色っぽく舌なめずりをした。

「むしろ、好き。そんな積極的な向坂も見てみたい」

　そう言って、一之瀬くんはわたしの耳を甘嚙みして煽っ

てくる。

「ひゅ――……。一之瀬くん、好き。愛してる」

「本当に、今日の向坂はいつもと違うな。俺だって、向坂に負けないくらい好きだよ。愛してる」

　とっさに、『彪雅』と言いかけてしまった。

『わたしたちは過去に付き合っていた』

『『ユナ』とは、わたしのこと』

　できることなら、そう打ち明けてしまいたいのだけれど――。

　それはまだ、わたしの心の中にそっとしまっておくことにしよう。

　なぜなら、わたしが真実を話さなくても、わたしはこんなに一之瀬くんから愛されているから。

　だから、わたしが『彪雅』と呼ぶのは――。

　一之瀬くんの記憶がすべて戻ったときだ。

「甘えてくる向坂もたまんねぇ」

　一之瀬くんは、お返しとばかりにわたしにキスの雨を降らせると、愛おしそうにわたしを抱きしめた。

　後ろから包み込まれるように、一之瀬くんに抱きしめられながら、ベッドで眠るわたしたち。

　その枕元に置いてあったわたしのスマホに、ある一通のメッセージが届く。

　それは、わたしたちをまたあの過去へと引きずり込もうとする……不吉なメッセージだった。

記憶のその先

【必ず、またオレのものにしてやる】

夜中にふと目を覚ましたわたしがスマホに目をやると、そんな内容のメッセージが送られて来ていた。

差出人は、不明。

だけど、たったそれだけの文章で、わたしはこのメッセージを送ってきた相手が、だれだかすぐにわかってしまった。

……万里くんだ。

昨日の由奈の言葉が思い出される。

『慈美、気をつけて。あれから慈美が万里くんとどうなったかは知らないけど、油断しないほうがいいよ』

由奈の言うとおり、やっぱり万里くんはまだわたしのことを諦めてはいなかったんだ。

……このまま、無視していいものか。

それとも、このメッセージに返信をすべきか……。

そんなことを考えていると──。

「……向坂？」

後ろから声がして、ハッとして振り返る。

すると、一之瀬くんが目をこすりながら体を起こした。

「ごめん、……起こしちゃった？」

「……いや。なんとなく向坂がいないような気がして、目が覚めた」

一之瀬くんは、何気なくわたしが手にしていたスマホに

230

目を移す。

「……なんかあった？」

「ううん……！　ちょっと時間を確認しただけっ」

　わたしは、とっさにスマホの画面を伏せる。

「そっか。でも、俺から離れんなよ。ずっと抱きしめさせて」

　一之瀬くんはわたしの唇を奪うと、そのままベッドに押し倒した。

　返信は——。

　……しないほうがいいよね。

　わたしはそう思って、また一之瀬くんの腕の中で、一之瀬くんのぬくもりに包まれながら眠るのだった。

　しかし、次の日も、その次の日も、差出人不明のメッセージは毎日のように届いた。

【今度は逃さねぇ】

【オレを無視するとは、いい度胸だな】

　脅迫じみたメッセージに、一之瀬くんに相談したほうがいいのかと……一瞬迷った。

「……ねぇ、一之瀬くん」

「どうした？」

　しかし、わたしは口から出かかっていた言葉を飲み込んだ。

「……あ、ごめん。やっぱり、なんでもないの……」

　つい、一之瀬くんを頼ってしまいそうになった。

　でも、このことは一之瀬くんには言っちゃいけない。

　なぜなら、あのときだって、一之瀬くんは万里くんから

わたしを守るために、いっしょに事故に巻き込まれた。

　これ以上、一之瀬くんがわたしを庇って傷つくところなんて見たくない。

　一之瀬くんは、あのときの記憶はまだ思い出していないとはいえ、わたしが再び万里くんに狙われているとわかったら、きっとまた無茶をするに違いない。

　……だから、言わない。

　——しかし、それから数日後。

【オレを無視した罰だ。代わりに、プレゼントをくれてやる】

　……『プレゼント』。

　なんのこと……？

　不安で胸がざわつくも、わたしはなるべく見ないようにして、メッセージアプリを落とした。

　そのメッセージが送られてきた……数時間後。

　一之瀬くんのもとに、ＯＮＥのメンバーが複数人、病院へ運ばれたという情報が入った。

　わたしもいっしょに病院に行くと、手足を包帯でぐるぐる巻きにされて、ぐったりとベッドに横たわるメンバーたちの姿があった。

　しかも、ケガをしたメンバーの中には、副総長である慶さんも含まれていた……！

　慶さんは最も容態が重く、意識不明の重体。

　副総長を務めるほどだから、喧嘩は最強といわれている一之瀬くんの次に強い。

それなのに、慶さんがこんな状態になるなんて……。

一之瀬くんとわたしは、なんとか会話ができるというメンバーの元を訪れた。

「……総長、慈美さん。わざわざ、来てくれたんすか……」

顔はガーゼだらけで、見ているだけで痛々しい。

「一体、どうしたんだよ……!?」

「それは……、オレにもよくわからなくて……。ただ、後ろから突然殴られたかと思ったら、そのまま何人にもボコられて……」

……ひどいっ。

背後からの不意打ちで、複数人で寄ってたかって暴力を振るうなんて。

しかも、『突然』って──。

わたしはハッとした。

……もしかしてっ!

「ちょっとごめんね……」

わたしは、一之瀬くんたちにそう断りを入れると、病室から廊下へ出て、慌ててスマホを確認した。

【オレを無視した罰だ。代わりに、プレゼントをくれてやる】

差出人不明の、──あのメッセージ。

ここに書かれてある『プレゼント』って、まさかこのことじゃ……。

緊張で、汗がにじむ手でスマホを持っていると、いきなりそのスマホが震えた。

驚いて、危うく落としそうになってしまった。

　おそるおそる目を向けると、そこに表れたのはメッセージの通知画面。

【オレからのプレゼントは気に入ったか？】

　それを見て、わたしはつばをごくりと飲み込んだ。

　アジトに戻ると、謎の集団に慶さんまでもが病院送りにされてしまったことに、ＯＮＥの間では動揺が広まっていた。

「……なんで、慶さんたちがこんなことにっ」

「でも慶さんなら、なにか犯人の手がかりをつかんでいるに違いない……！」

「そうは言ったって、その慶さんが話せない状況じゃ、なにもわからねぇだろ!?」

　いつも陽気な笑い声が聞こえるアジトの中だけど、今日の事件によって、暗く重たい空気が流れていた。

「……総長。これって、ＯＮＥに対する宣戦布告じゃないですか!?」

「そうっすよ！　仲間がやられたっていうのに、このまま黙っておけません！！」

　ＯＮＥの中でも、犯人に対する怒りが高まっていた。

『自分たちの手で敵討ちを』

　そんな空気が、ビリビリと伝わってきた。

　──すると、そのとき。

「てめえらは、手ぇ出すんじゃねぇ！！」

　メンバーを一喝する一之瀬くんの声が、アジトの中に響き渡る。

「仲間がやられたからって、ＯＮＥ全員でやり返したら、やってることは相手と同じだろうっ!?」

「……でも、総長！」

「総長は、悔しくないんすか!?　慶さんたちが、あんな目にあって……！」

　メンバーたちの訴えに、一之瀬くんは一瞬黙り込む。

　そして、小さくつぶやいた。

「……悔しくねぇわけねぇだろっ」

　ギリッと噛んだ下唇からは、血がにじみ出ていた。

「こんなことしでかしたヤツらには、きっちりケジメはつけさせる。……でもそのときは、俺１人で十分だから」

　その言葉に、メンバーたちは黙り込み、固唾を飲みながら頷いた。

　一之瀬くんは、なにも今回のことをなかったことにしようとは思っていない。

　ただ、複数人で襲いかかるのは、卑怯な相手と同じだから――。

　もしそのときが来たら、一之瀬くんは１人でカタをつけようとしていた。

　ＯＮＥをまとめる総長として。

　――その夜。

「向坂……」

　静まり返った部屋に、か細い声が聞こえたと思ったら、いっしょのベッドで眠っていたはずの一之瀬くんだった。

　そして、急に後ろから抱きしめられた。

「今日の俺……。あいつらの前で、総長らしく堂々とでき
てたかな」

　暗闇に響く、一之瀬くんの小さな声。

「あいつらには偉そうに言ってみたけど、慶や……仲間が
傷つけられて、本当はおかしくなりそうなくらい、いても
たってもいられなかった」

　一之瀬くんの、悔しさのこもった声のトーン。

　わたしを抱きしめる腕が、怒りで震えている。

「でも、俺のそんな姿を見せたら、あいつらまで冷静さを
失うだろうから……。あそこで、俺が取り乱すわけにはい
かなかった」

　わたしに、あのときの心情を吐露してくれた一之瀬くん。

　わたしが見た限りでは、みんなに語る一之瀬くんの姿は、
とても冷静で、男らしくて、総長としての威厳が感じられ
た。

　だからこそ、あの場をいったん鎮めることができたんだ
から。

　だけど、一番感情をあらわにしたかったのは、一之瀬く
ん自身だった。

　みんなを動揺させまいと、一切表情には出さなかっただ
けで。

　それに、これ以上ONEのメンバーが被害にあわないか、
そのせいで仲間が無茶をしないかということも危惧してい
た。

「『最強総長』なんて言われてるけど、……俺だって１人の
人間だ。完璧なんかじゃない。仲間がやられて……、冷静
でいられるわけねぇよ」

　一之瀬くんは、奥歯を噛む。

「こんなこと、……向坂にしか話せねぇ。でも向坂なら、
俺のすべてを受け入れてくれると思ったから」

　わたしのことを信頼して、他の人には悟られたくない心
の内をさらけ出してくれた一之瀬くん。

「話してくれてありがとう。わたしは、完璧じゃない一之
瀬くんのことも知りたいから」

「ありがとう。ほんと、向坂がそばにいてくれてよかった」

　わたしに本音を話せたことで安心したのか、一之瀬くん
はそのまま寝息を立てて眠ってしまった。

　最強総長として恐れられる一之瀬くんだけど、こんな無
防備な寝顔を見せてくれるのは、わたしにだけだ。

　そんな一之瀬くんを見つめながら、わたしもまた眠りに
つくのだった。

　──どれくらいたっただろうか。

　ふと、目が覚めた。

　……いや。

　なにか嫌な予感がして、自然と目が覚めてしまったとい
うほうが正しいのかもしれない。

　その嫌な予感というのが、暗闇の中でぼんやりと明るい
わたしのスマホだった。

　枕元で不気味に画面が光るスマホに、わたしはおそるおそる手を伸ばした。

　画面に表示されていたのは、……１件のメッセージの通知。

　まさか……とは思った。

　だけど、このメッセージを見てみないと、もっと悪いことが起こるような気がして——。

　わたしはその通知を、震える指先でタップした。

【最終警告。次は、お前が一番大切に想う者を潰す】

　そのメッセージを目にした瞬間、息が詰まった。

　昨日の出来事は、偶然ＯＮＥのメンバーが襲われたんじゃない。

　完全に、ＯＮＥが標的にされている。

　それは、わたしがＯＮＥに関わってしまったから。

　そして、今来たメッセージの内容——。

『次は、お前が一番大切に想う者を潰す』

　これは、明らかに一之瀬くんのことを指していた。

　メッセージにはさらに続きがあって、朝までにこの場所に来るようにと指示がされていた。

　もしわたしが、ここへ行かなければ——。

　今度は、一之瀬くんが狙われる。

　副総長の慶さんでさえも、意識不明の状態。

　それが、総長の一之瀬くんともなればっ……。

　そんなことを考えたら、恐ろしくてわたしの背筋が凍った。

　……どうしよう。

　やっぱり、一之瀬くんにこのメッセージのことを話すべき……？

　今度は、一之瀬くんが狙われるって。

　でもきっと、わたしに心配はかけまいと、「俺なら大丈夫」って言葉が返ってくるに決まっている。

　『……バーカ。俺はそう簡単にくたばらねぇよ』

　あの……もしかしたら死んでいたっておかしくない状況でも、わたしにああ言ってみせた一之瀬くんなら。

　わたしはこれまで、何度も一之瀬くんに助けられてきた。

　──だから。

　今度は、わたしが一之瀬くんを守りたい。

　わたしが一之瀬くんを守る方法──。

　それは、メッセージで指定された場所に、わたし1人で向かうこと。

　だけど、……そうなってしまったら。

　もしかしたら、もう一之瀬くんの元へは戻れないかもしれない。

　二度と会うことすらできないかもしれない。

　それくらい、相手はわたしを手放すことはしないだろうから。

　じゃなきゃ、こんなに執拗にわたしを求めてなんてこない。

　行ってしまったら、最後だろう。

　でもそれで、大切な一之瀬くんやONEのメンバーを守

ることができるなら──。

　わたしは、どうなろうとかまわない。

「……一之瀬くん。今までありがとう」

　わたしは、すやすやと隣で眠る一之瀬くんにそう囁いた。

　これが、最後の言葉かもしれないから……。

　たとえ眠っていたとしても、せめてわたしの気持ちを伝えておきたくて。

「わたしが万里くんの所へ行ったとしても、一之瀬くんのことは絶対に忘れない。……過去に過ごした時間も、今こうしていっしょに過ごしている時間も、すべて」

　この愛おしい寝顔をもう見ることができないかもしれないと思うと、わたしの目にじわりと涙がにじんだ。

「……またわたしを彼女にしてくれてありがとうっ。本当にうれしかったよ」

　一之瀬くんに微笑んでみせると、わたしはそっとキスをした。

「心の底から愛してる。……だから、バイバイ」

　そうして、一之瀬くんの体に布団をかけ直すと、わたしは静かにONEのアジトをあとにした。

　天気予報では、今夜からさらに冷え込むと言っていた。

　適当な服で慌てて出てきたため、一瞬にして体が冷えてしまった。

　だけど、わたしには朝までに行かなければならない所があったから──。

　冷たく吹きつける北風に身震いしながらも、わたしは指定された場所へと向かった。

　やってきたのは、廃墟（はいきょ）となったとある倉庫街。

　明かりなんてほとんどないけれど、闇の中に不気味に佇むその倉庫街に……わたしは見覚えがあった。

　わたしは、前に一度ここへ来たことがある。

　……いや、連れて来られたことがある。

　無理やりに。

　そう。

　それは、記憶を失くすきっかけとなった事故に巻き込まれる原因となったときだ。

　わたしは、MiLLiONにここへ連れてこられ、そして一之瀬くんにここから助け出された。

　嫌でも、あの日の記憶が蘇る場所。

　いくつも並ぶ倉庫の中から、わたしは指定された倉庫の扉の前に立っていた。

　この扉を開けてしまったら、……もうわたしは戻れない。

　しかし、わたしには『引き返す』という選択肢なんて残されていなかった。

　震える手で、冷たく重い扉に手をかけると、ゆっくりと開いた。

　中からは、下品な笑い声が聞こえてくる。

　だけど、扉が開く音に気づいたのか、その笑い声がピタリと止んだ。

　その瞬間、いくつもの視線が一斉にわたしに向けられた

のがわかった。

　倉庫の中にいたのは、数えきれないほどの不良たち。

　ＯＮＥとはまったく違う、おぞましい空気が漂っていた。

　わたしのことを、上から下へと舐めるような視線が……

気持ち悪い。

　覚悟していたはずなのに、ここへ来てしまったことに後

悔してしまった。

　……今すぐにでも帰りたい。

　一之瀬くんの元へ……。

　そう思いながら、折れそうな心を必死に奮い立たせて、

わたしは震える足でなんとかその場に立っていた。

「まさか、本当に来やがったぜ」

「バカ正直というか、なんというか」

「でも、そこが総長のお気に入りなんだろうよ」

　わたしを見て、不良たちはケラケラと笑っている。

　そんな人たちの間を割るようにして押しのけて、わた

しの前に現れた人物——。

　……それは、久々に見る顔だった。

「よう。会いたかったぜ、慈美」

　そう言ってニヤリと口角を上げ、舌なめずりをする。

　優しい仮面をかぶっていた、その顔が嫌いだ。

　わたしに暴言を浴びせた、その声が嫌いだ。

　なのに、わたしは戻って来てしまった。

　自分の足で。

　——わたしを力でねじ伏せようとした、万里くんの元へ。

「……やっぱり、あのメッセージは万里くんだったのね」

　わたしよりも背の高い万里くんに、せめてもの抵抗で睨んでみせる。

　しかしそんなこと、万里くんにはこれっぽっちも効いていない。

「元はといえば、慈美……お前が悪いんだろ？　オレという彼氏がいながら、ＯＮＥの総長……一之瀬の所にさえ行かなければ──」

「まだそんなこと言ってるの……？　どれだけ言葉でわたしを惑わそうとしたって、……もう無駄だよ」

　そのわたしの言葉と堂々とした態度に、万里くんの目尻がピクリと動いた。

「あ？　どういう意味だよ？」

「……だってわたし、全部思い出したから」

　わたしは、自分を奮い立たせるように拳を握りしめ、万里くんに詰め寄った。

「……万里くん。やっぱりあなたは、彼氏でもなんでもないっ！！　それどころか、わたしと一之瀬くんとの仲を引き裂いて、わたしたちが記憶を失うきっかけとなった出来事にも関係していた……！」

　万里くんに、目をつけられなければ──。

　万里くんが、わたしに異常なまでの執着心さえ抱かなければ──。

　わたしたちは離ればなれになることなく、ずっといっしょにいたはずなのにっ……！

「記憶を失くしたわたしに嘘をついて、真実を隠して……。
本当に……万里くんのことは許せない」

「とは言いつつ、お前はオレの元に戻ってきたじゃねぇか。
なんだかんだ言って、お前はオレのことが──」

「……勘違いしないで。なにも、万里くんのためじゃない。
わたしは、一之瀬くんやＯＮＥを守りたいだけ」

　わたしの揺るがない信念に、万里くんは不服そうな表情
を浮かべる。

「……そうかよ。その無意味な意地が、いつまで保つか見
物だな」

「万里くんは、これでわたしを自分のものにできたと思っ
ているのかもしれない。……だけど、わたしの心は、ずっ
と一之瀬くんのものだからっ」

　声を振り絞り、なんとか万里くんに対抗する。

　そんなわたしを見て、万里くんは鼻で笑った。

「……ハッ！　一之瀬、一之瀬ってバカみたいにわめきや
がって」

　万里くんが、大きな片手を振りかざしたと思った瞬間、
その手で乱暴にわたしの両頬をつかんだ。

「まずは、そのうるせぇ口を塞いでやるよっ」

　グイッと顔を寄せてきて、わたしをバカにするように笑
みを浮かべる。

　顔にかかる吐息が……タバコ臭い。

「抵抗できるものなら、やってみろよ」

　力じゃ勝てないとわかっていて、わたしが反抗できない

こともわかっているのに、万里くんは皮肉にもそんな言葉を吐き捨てる。

わたしには、万里くんに従うことしかできない。

だから、今からされることも──受け入れるしかない。

万里くんの視線は、わたしの唇に注がれる。

……もう逃げ場はない。

諦めて、わたしはギュッと目をつむった。

そうして、真っ暗な視界の中で思い出されるのは、一之瀬くんとの甘いキス。

もう……あんなキスはできない。

なぜなら、これから万里くんに汚されるから。

そんなことを考えたら、急に目の奥がじわりと熱くなった。

本当に……さよならだよ、一之瀬くん。

心の中で、そうつぶやいた──そのとき！

「……向坂っ!!!!」

扉を打ちこわすけたたましい音と、倉庫内に響き渡るわたしを呼ぶ声に、この場にいた全員が驚いてピタリと動きを止めた。

……夢かと思った。

だって、そこには──。

わたしがこの世で一番愛おしく想っている人の姿があったのだから。

「一之瀬……くんっ……」

堪えていたはずの涙が溢れ出した。

　一之瀬くんを傷つけられたくなくて、覚悟してここへ来たというのに──。

　……どうして来てしまったの。

　しかも、また1人でＭｉＬＬｉＯＮのアジトに乗り込んでくるなんて……。

　──だけど。

　もう会えないと思っていたから……。

　喜んじゃいけないはずなのに、一之瀬くんが来てくれたことに、安堵している自分がいる。

　その証拠に、緊張でこわばっていた体が、今では力が入らないくらいに脱力してしまっていた。

　そんなわたしを逃がすまいと、万里くんはわたしの首に太い腕をかけた。

　まるで人質に取られたような態勢は、腕が首に締まりそうになって……苦しい。

　万里くんに囚(とら)われながら、その場で立っているのがやっとだ。

「……一之瀬。どうして、慈美がここにいるとわかったんだ……？」

　想像もしていなかった展開に、唇を噛む万里くん。

　その万里くんに対して、一之瀬くんは静かに答える。

「それは、向坂が俺に残してくれた言葉のおかげだ」

　わたしが残した言葉──。

『わたしが万里くんの所へ行ったとしても、一之瀬くんのことは絶対に忘れない。……過去に過ごした時間も、今こ

うしていっしょに過ごしている時間も、すべて』

　アジトを出るときに、眠っている一之瀬くんにかけたものだ。

「……夢かと思ったが、初めて向坂の口から『万里』という名前を聞いた。そんな名前……、悪名高いお前くらいしか思いつかねぇよ」

　それで、一之瀬くんはすべてを悟ったという。

　わたしに暴力を振るっていた『元カレ』というのが万里くんのことで、わたしが突然いなくなったのも、万里くんに脅されたに違いないと。

　だから、こうしてMiLLiONのアジトに目星をつけたのだ。

「百城……。お前は、向坂を苦しめた。ぜってぇ許さねぇ」

　今までに見せたことがないくらい、一之瀬くんは鋭い視線を万里くんに向ける。

「……それだけじゃねぇ。ONEのメンバーが襲われたのもそうだ。確証はなかったが、そんな卑怯な手を使うヤツは、MiLLiONしかいねぇと思ってた」

　静かに、そしてゆっくりと歩み寄る一之瀬くん。

「おいおいっ、なんの話だよ？　ONEのメンバーが襲われた？　そんなの、オレらが知るわけねぇだろ？」

　万里くんやMiLLiONのメンバーは大笑いする。

　……この期に及んで、シラを切るつもりだ。

「被害妄想も大概にしろよ？　なんでもかんでも、オレたちのせいにしてんじゃ——」

　　その瞬間、一之瀬くんは足元に転がっていたコンテナを
思いきり蹴飛ばした。

「……さっき連絡があったんだよ。ONEに奇襲をかけた
ヤツらが、MiLLiONの連中だってな」

「あ？　だれがそんなこと——」

「お前らが病院送りにした、……ウチの副総長からだ
よっ!!」

　　これまで冷静を保っていた一之瀬くんが、怒りをあらわ
にした瞬間だった。

　　そんな一之瀬くんに、ふざけたように笑みを浮かべてい
た万里くんの表情が一変。

　　一瞬にして、無と化した。

「……あそこまでボコボコにしてやったのに、意識が戻っ
たっていうのか」

「ああ。残念ながら、ウチの副総長はそんなヤワじゃねぇ
からな」

　　それを聞いて、悔しそうに歯を食いしばる万里くん。

「慶からの連絡と、いなくなった向坂が残した言葉で、す
べての事柄が繋がったんだ」

　　ONEのメンバー襲撃事件は、わたしを取り戻すために
仕掛けた、MiLLiONの総長である万里くんの仕業だ
ということに。

「……最近、向坂の様子がいつも違うことには気づいてた。
だけど、……向坂のことだ。俺のことを思って、言えなかっ
ただけなんだろ……？」

　なにも話していないのに、わたしが思っていたことすべてを理解してくれていた、一之瀬くん。

　わたしは、万里くんに捕らえられた腕の中で、涙ながらに頷いた。

「1人でこんな所に来させて……悪かった。でも、もう大丈夫だから。すぐにそこから助け出してやるからな」

　周りはMiLLiONのメンバーに囲まれている状況だというのに、一之瀬くんはいつものように微笑んでくれた。

「……相変わらず、そのスカしたツラが気に食わねぇ」

　わたしの頭の上から、舌打ちする万里くんの声が漏れた。

「慈美が、お前を助けるために1人で来たっていうのに、わざわざやられに来たのか？」

「なにも、やられに来たわけじゃねぇよ。俺は、向坂を取り戻しに来ただけだ。それに、お前らじゃ俺には勝てねぇよ」

　指をポキポキと鳴らす一之瀬くん。

　そんな一之瀬くんに、MiLLiONのメンバーが襲いかかる。

　一之瀬くん1人に対して、何十人というメンバーが次から次へと拳を振りかざす。

　きっと慶さんたちのときも、そうやって——。

　万里くんの腕にしっかりと捕らえられて動けないわたしは、この乱闘の行方を、ただ遠くから不安な思いで見つめることしかできない。

　——ところが。

「……だから。お前らじゃ、俺には勝てねぇって言ってん
だろ」

　そんな声が聞こえて、砂煙が舞う中、1つだけ影が浮か
び上がったと思ったら──。

　それは、一之瀬くんだった……！

　一之瀬くんの足元には、痛みに顔を歪めたＭｉＬＬｉＯ
Ｎのメンバーたちが倒れ込んでいた。

　あの人数を……1人で倒してしまうなんて。

　これが、一之瀬くんが『最強』と言われる圧倒的理由だ。

「もう終わり？　俺が1人で相手してやるから、残りのヤ
ツら全員まとめてかかってこいよ」

　一之瀬くんは数に臆することなく、余裕の笑みを浮かべ
ていた。

「言っておくが、今のはお前らにやられた慶やＯＮＥのメ
ンバーの分だ」

　そう言うと、一之瀬くんはスッと右腕を上げた。

　そして、人差し指を立て、万里くんを指さす。

「それで、お前を倒すときは……向坂の分だ。さっきも言っ
たが、向坂を傷つけたお前を、俺は絶対に許さねぇ」

「偉そうな口を叩きやがって。……おもしれぇ。やれるも
んならやってみろっ!!」

　万里くんの号令に、残りのＭｉＬＬｉＯＮのメンバーが
一斉に一之瀬くんに襲いかかる。

　数では、ＭｉＬＬｉＯＮが勝っている。

　でも、1人1人の力を比べたら、圧倒的に一之瀬くんの

ほうが強い。

このままいけば、本当に一之瀬くんがたった1人でMｉ
ＬＬｉＯＮを一掃してしまうんじゃないだろうか。

そんな希望を抱いた──そのときっ。

……わたしの唇に、生温かいなにかが触れた。

その不快な感触に、一瞬頭がフリーズする。

だけど、……すぐに理解した。

信じたくはなかったけど──。

わたしは、万里くんにキスされたのだと……。

「……んっ、イヤッ──」

全力で抵抗するも、わたしを抱きしめて離さない万里く
んの力には勝てない。

とっさに横目で視線を移すと、時間が止まったかのよう
に、その場で固まる一之瀬くんの姿があった。

……やめてっ。

一之瀬くんの前で、……こんなこと。

完全な不意打ちだった。

とはいえ、憎き万里くんに唇を奪われてしまったことに、
悔しさで目に涙が浮かぶ。

そのぼやけたわたしの視界に、一之瀬くんの背後から鉄
パイプを持った人影が現れたのが見えた。

「……一之瀬くん、危ないっ!!」

力いっぱい万里くんを押しのけて、一之瀬くんにそう叫
んだ。

──が、時すでに遅し。

　振りかざされた鉄パイプは、一之瀬くんのがら空きになった脇腹に直撃してしまっていた。

「……くっ……!!」

　その痛みに、膝から崩れ落ちる一之瀬くん。

　もちろん、ＭｉＬＬｉＯＮのメンバーはその隙を見逃さない。

　ここぞとばかりに、一斉に一之瀬くんに襲いかかる。

「一之瀬くんっ……!!」

　わたしは一之瀬くんのもとへ向かおうとするけれど、万里くんがそれを許すわけがない。

「油断するほうが悪いんだよっ。お前も、一之瀬も」

　一之瀬くんが殴られる様子を、万里くんは実に楽しそうに眺めていた。

　それは、わたしにとっては目を背けたくなる光景。

　しかし一之瀬くんは、なんとか最後の１人を蹴り飛ばすと、おぼつかない足取りでわたしたちのすぐ目の前までやってきた。

　……もう、体はボロボロのはずなのに。

　わたしのために、こんなになってまでっ……。

　口の端から血を流し、肩で息をする一之瀬くん。

　こんな状況で、万里くんとやり合ったって勝ち目なんてない。

　一之瀬くんのほうが絶対不利だ。

　それなのに、一之瀬くんはなにがなんでもわたしを助けようと……。

「……一之瀬くん、もういいよっ」

　わたしは頬に涙を伝わせながら、一之瀬くんにそう訴えかけた。

「なにがいいんだよ……」

「これじゃあ……、一之瀬くんがなにされるか——」

　感情が高ぶり、喉がキュッと締めつけられて、とっさに声が詰まる。

　そんなわたしに向かって、絶体絶命の状況だというのに、なぜか一之瀬くんは笑ってみせた。

「……バーカ。俺はそう簡単にくたばらねぇよ」

　その瞬間、わたしの頭がズキンと痛んだ。

　……この会話。

　……一之瀬くんのあの表情。

　あのときと……同じだ。

『……彪雅、もういいよっ』

『なにがいいんだよ……』

『これじゃあ……、彪雅がなにされるか——』

『……バーカ。俺はそう簡単にくたばらねぇよ』

　万里くん率いるMiLLiONに追われて事故にあい、ボロボロになりながらも、わたしを守ろうとしてくれた一之瀬くんと……。

「……うっ……！！」

　すると、一之瀬くんも急に頭を抱えて膝をついた。

　MiLLiONのメンバーにやられたダメージが表れたのだろうか……。

　崩れ落ちる一之瀬くんを見て、万里くんはわたしを突き飛ばすと、すぐさま一之瀬くんに襲いかかった。

　万里くんの強烈な拳が、一之瀬くんのみぞおちにめり込む。

「やめて、万里くん……!!」

　あれだけの人数と戦って、それにケガまでしているというのに、そんな一之瀬くんに対しても、万里くんは容赦しない。

　激しい頭痛に苦しむ一之瀬くんは、頭を抱えてなんとか万里くんの攻撃に耐えるので精一杯。

　反撃する気力すら残されていない。

　……こんな一方的な殴り合い、喧嘩でもなんでもない。

「まだ生きてんのかっ。この……死に損ないが!」

　万里くんの言葉が、痛いくらいに頭に響く。

　この言葉も、知っている――。

『まだ生きてんのかっ。この……死に損ないが!』

　あのときの記憶が、再び蘇る。

「さっさと慈美を渡せっ!!　そうしたら、命だけは助けてやるよ!」

　この言葉もそうだっ……。

『さっさと慈美を渡せっ!!　そうしたら、命だけは助けてやるよ!』

　あのときと……まったく同じだ。

　……このままじゃ、本当にあの日と同じ結末になってしまう。

　わたしと一之瀬くんが……離ればなれになってしまったあの日と——。

「言っておくが、この世で一番慈美を愛しているのは、このオレなんだよ!!」

　万里くんはそう叫ぶと、頭痛に苦しむ一之瀬くんに襲いかかった。

　……これが、最後の一撃だ。

　あの強烈な拳を食らってしまったら、さすがの一之瀬くんでさえも……もう立ってはいられない。

　……一之瀬くんっ!!

　わたしは強く目をつむり、心の中でそう叫んだ。

　静まり返った……倉庫内。

　ギュッと目をつむるわたしの耳には、物音ひとつ聞こえない。

　まるで、一瞬にして異空間に飛ばされたかのような錯覚に陥る。

　するとそのとき、地面を踏みしめる音が聞こえた。

　それに反応して、おそるおそる目を開けると——。

　視界に飛び込んできたのは、万里くんの拳を片手で受け止める、……一之瀬くんの姿だった!

　一之瀬くんはまるで夢から覚めたように、瞳に覇気が戻っている。

「……一之瀬っ!　どこにまだそんな力が……!」

　最後の一撃を受け止められた万里くんが、ギリッと下唇

を噛む。

「正直……、もう俺にほとんど力は残ってねぇよ」

「……だったら──」

「でも、ようやく目を覚ますことができたんだ。それもこれも、百城……お前のおかげかもなっ」

　そう言って、一之瀬くんは万里くんの左頬に強烈な一発をお見舞いした。

　ケガをして、もう体力もないはずなのに、今の一之瀬くんからはそんな様子は一切感じられない。

　それどころか、万里くんを圧倒している。

「……オレのおかげだと!?　てめぇ……、ふざけたこと言ってんじゃねぇ！」

　殴られた頬を荒々しく腕で拭いながら、眉間にシワを寄せた万里くんがむくっと立ち上がる。

「なにも、ふざけてなんかねぇよ。お前が俺を痛めつけてくれたおかげで、あのときの記憶が今と交錯して浮かんだ。それでようやく、すべてを思い出すことができたんだよ」

　一之瀬くんは、さっき万里くんに殴られて流れた口の端の血を指を払い取る。

「……思い出したって、てめぇまさかっ……」

　驚愕した万里くんが、言葉を詰まらせる。

　それを聞いて、わたしの胸がドクンと鳴った。

「……百城。この世で一番向坂を愛しているのは、お前じゃない」

「なんだと……!?」

　ものすごい形相で睨みつける万里くんには目もくれず、一之瀬くんは振り返ると、わたしのほうに目を向けた。

「この世で一番向坂を愛しているのは、俺だ。今でもそうだが……、ずっと前からそうだった」

　そう言うと、一之瀬くんは優しくわたしに微笑んでくれた。

「百城。よくも、俺たちの仲を引き裂いてくれたな」

　一之瀬くんは、ゆっくりとした足取りで万里くんに歩み寄る。

「俺たち２人ともが記憶を失くして、さぞかし喜んだことだろうな」

　そして、万里くんの胸ぐらを鷲づかみにすると、グイッと顔を引き寄せた。

「……でもな。俺と向坂は、それでもまた惹かれ合う運命だったんだよ！」

　一之瀬くんのその言葉に、万里くんは悔しそうな表情を浮かべることしかできなかった。

「これから、またお前がどれだけ俺たちの邪魔をしたって同じことだ。……なぜなら、『なにがあっても愛し抜く』。俺は、向坂にそう誓ったから」

『なにがあっても愛し抜く』

　それは、一之瀬くんが過去にわたしに告げてくれた言葉。

　そして、その言葉を再び一之瀬くんが口にしたということは——。

　本当に……、一之瀬くんもあの頃の記憶を取り戻してく

れたんだ。
「百城。この先なにがあったって、俺は絶対向坂を離さない。
死ぬまで、向坂を愛してやるよ！」
　力でも想いでも勝てないと思い知らされた万里くんは、
完全に戦意を喪失していた。
　だから、一之瀬くんはそれ以上のことはしなかった。
　そうして、万里くんはＭｉＬＬｉＯＮのメンバーを引き
連れると、静かにアジトを去っていった。

「……一之瀬くん！」
　わたしたち以外だれもいなくなった倉庫内で、わたしは
一之瀬くんに駆け寄った。
「向坂……、ケガは……!?」
「わたしなら平気だよ……！　でも、一之瀬くんがっ……」
　一之瀬くんは、顔も体も傷とアザだらけで、見ているだ
けで痛々しい。
「こんなの、どうってことねぇよ。それよりも、向坂を失
うことのほうが……よっぽど体に応えるから」
　そう言って、一之瀬くんはわたしを抱き寄せた。
「もう、俺の前からいなくなるな」
　一之瀬くんの言葉に、わたしはゆっくりと頷いた。
「『なにがあっても愛し抜く』。俺がお前にそう誓っただろ？
忘れたか？」
「……忘れるわけないよっ。記憶を失くしても、その言葉
だけは覚えていたよ」

　わたしが目に涙を浮かべながら微笑むと、一之瀬くんも額を突き合わせながら微笑んでくれた。

　ふと、わたしたちの視線が同時に合う。

　そして、そのまま引き寄せられるかのように、わたしたちはキスをした。

　初めは、小鳥たちが戯れるような軽いキス。

　だけど、次第にその甘さに夢中になっていって――。

　わたしたちは、思いのままにお互いを求めて唇を重ねた。

「あいつにされた分まで、俺が何度だって上書きしてやる」

　わたしを捉えて離さない、一之瀬くんの熱いまなざし。

　その色っぽい表情に、わたしはこれまでにないくらいにドキドキしてしまった。

「……ねぇ、一之瀬くん」

　わたしが顔を赤らめながらおねだりすると、なぜか一之瀬くんはわたしから顔を離した。

「違うだろ」

「え……？」

　どこか不満そうな一之瀬くんの表情。

　……なにか、怒らせることでも言ってしまっただろうか。

　そう不安に思っていた――そのとき。

「……彪雅」

　ぽつりと、一之瀬くんがつぶやいた。

「もう、『一之瀬くん』じゃねぇよ。だってそうだろ？　『ユナ』――いや、『慈美』」

　一之瀬くんは、わたしの首筋に顔を埋めると、耳元で囁

いた。

　熱い吐息がかかって、耳を甘噛みされて……疼く。

「く……くすぐったいよ、一之瀬く──」

「だから、そうじゃないだろ？　慈美」

　……そうだ。

　わたしたちは、お互いのことを名前で呼び合っていたんだ。

　記憶を取り戻してからは、あれだけ『彪雅』と呼びたかったのに、いざそのときが来ると……恥ずかしくてたまらない。

「慈美が俺のことを名前で呼んでくれなきゃ、このまま押し倒してもいいんだけど」

「こ……、ここで……!?」

「だって、好きすぎるから」

「……そんなっ、ダメだよ……！」

「じゃあ、呼んで」

　一之瀬くんは意地悪に微笑むと、わたしに何度もキスを落とした。

　それがくすぐったくて、でも心地よくて……。

　我を忘れて、溺れてしまいそうになってしまう。

　だけど、なかなか名前を呼んでもらえず、少しすねたような一之瀬くんがわたしの首筋にキスマークをつけて、それでようやく我に返った。

　このままでは、本当に押し倒されてしまうと。

「ひゅ……彪雅」

　恥ずかしさも混じりながら、なんとか名前で呼ぶことが
できた。

　……しかし。

「聞こえない」

　ムスッとした顔の一之瀬くんが、ゆっくりとわたしの上
に覆いかぶさった。

「チャンスは、あと1回だけだから」

　わたしの彼氏は、とても意地悪だ。

　困るわたしの姿を見て、喜んでいる。

　――だから。

「そんなに……意地悪しないでっ、彪雅」

　わたしは彪雅の頬に手を添えると、顔を引き寄せてキス
をした。

　甘くて熱いキスを。

　すると、満足したように彪雅の口角が上がった。

「今の……最高なんだけど。もしかして慈美、煽ってる？」

「そ……！　そんなんじゃないよ……！」

「慌てる慈美もかわいい」

「も～……。からかわないでっ」

　わたしたちは微笑み合うと、強く強くお互いを抱きしめ
た。

「慈美、愛してる」

「わたしもだよ、彪雅」

　ぼんやりと朝日が差し込む明け方の倉庫内で、わたしと
彪雅は再び愛を誓った。

　それから、数ヶ月後──。

　わたしたちは、おだやかな日々を過ごしていた。

　彪雅のケガはすっかりよくなり、病院送りにされた慶さんたちも無事に退院した。

　ＭｉＬＬｉＯＮの噂は、あれからパッタリと耳にすることはなくなった。

　解散したのではないかという話も聞くけれど、本当のところはどうかわからない。

　だけど、もしまた万里くんが現れて脅してくるようなことがあっても、もうわたしの心は揺るがない。

　なぜなら、わたしを全力で守ってくれるのは、全国一の暴走族ＯＮＥの最強総長だから。

　わたしと彪雅は、今でもＯＮＥのアジトの部屋でいっしょに暮らしている。

「彪雅、ごはんが冷めちゃうよ？」

「いいんだよ。今は、慈美を先に食べたい」

　そう言って、わたしのエプロンの結び目を解こうとする。

「ダメだよ、……彪雅っ」

　抵抗しようと、わたしはその手をつかんだ。

　しかし、彪雅に後ろから抱きしめられ唇を奪われると、その甘さに酔いしれて力が緩んでしまう。

　記憶を取り戻してからは、こんなふうに今までよりもさらに溺愛されるようになった気がする。

　でも、最強総長にこんなに甘いマスクがあるということ

は、ＯＮＥのメンバーには絶対にヒミツ。

「慈美。死ぬまで愛してやるから、覚悟しろよ？」

　今夜もわたしは、耳元で愛の言葉を囁かれる。

【完】

あとがき

このたびは、数ある書籍の中から『友達の彼氏だと思ってた同級生は、私を溺愛する最強総長さまでした。〜ONE史上最強の暴走族〜』をお手に取っていただき、また最後まで読んでくださり、ありがとうございます。

読者の皆様のおかげで、本作が2作品目の書籍化となります。

総長に溺愛される甘々な設定とは少し違い、謎や秘密を散りばめたダーク要素を含む暴走族ものを書いてみたかったので、それがこの作品が誕生するきっかけとなりました。

読み進めていくうちに、「あれってそういうことだったの!?」と気づいてもらえたり、驚いてもらっていればうれしいです!

サイトで書いていたときも、矛盾のないように、伏線を回収できるようにと心がけていましたが、いざ編集作業に入ると、気づけていなかった矛盾点などがたくさんありました……!　よくこれで完結させたなと恥ずかしくなるくらい……。笑

そこで、展開を少し変えたり、1章分の大部分を削除して、新しいエピソードに差し替えたりと、書籍化にあたり大幅加筆修正を行いました。大変な作業ではありました

が、そのおかげで自分でも満足のいく1冊に仕上げることができました！

ですので、サイトで読んだことのある読者の方にも、改めて楽しんでいただけたのではないかなと思っております。

本作ではあまり触れていなかった慈美と彪雅の出会いですが、サイトでは『ＯＮＣＥ』というタイトルでSS番外編として公開しておりますので、もしよろしかったらそちらもご覧ください！

これまでに書いてきた私の作品の中でも、もっともかわいくてきれいなヒロインと、もっともかっこいいヒーローを意識してみました。

そんな美男美女の2人を描いてくださったのは、奈院ゆりえ先生です。

カバーも挿絵もとっても素敵に仕上げていただきました！　ありがとうございました！

また、書籍化するにあたり、この作品に携わってくださったすべての方々にも感謝申し上げます。

ここまで読んでくださり、本当にありがとうございます！

また、どこかの作品でお会いできる日を楽しみにしています。

2023年3月25日　中小路かほ

作・中小路かほ（なかこうじ　かほ）

京都府出身。9月3日生まれのAB型で、趣味はスノーボード。作品に『7日間の同居で、モテモテ幼なじみと両想いになるまで。』（スターツ出版）がある。現在は、ケータイ小説サイト「野いちご」にて活動中。

絵・奈院ゆりえ（ないん　ゆりえ）

6月12日生まれ。福岡県出身。趣味は映画鑑賞とカフェ巡り。代表作に『お嬢と東雲①～③』（フレックスコミックス）、『今からあなたを脅迫します』原作／藤石波矢（講談社）などがある。現在は、noicomiにて『狼くんにたべられそうです！①～③』（原作『狼彼氏×天然彼女』ばにぃ／著）をコミカライズ。

ファンレターのあて先

〒104-0031

東京都中央区京橋1-3-1

八重洲口大栄ビル7F

スターツ出版（株）書籍編集部 気付

中小路かほ 先生

KEITAI
SHOUSETSU
BUNKO
SINCE 2009
野いちご

友達の彼氏だと思ってた同級生は、
私を溺愛する最強総長さまでした。
～ONE　史上最強の暴走族～
2023年3月25日　初版第1刷発行

著　者　中小路かほ
　　　　©Kaho Nakakouji 2023

発行人　菊地修一

デザイン　カバー　粟村佳苗（ナルティス）
　　　　　フォーマット　黒門ビリー＆フラミンゴスタジオ

DTP　久保田祐子

編　集　若海瞳

編集協力　ミケハラ編集室

発行所　スターツ出版株式会社
　　　　〒104-0031 東京都中央区京橋1-3-1　八重洲口大栄ビル7F
　　　　出版マーケティンググループ　TEL03-6202-0386
　　　　（ご注文等に関するお問い合わせ）
　　　　https://starts-pub.jp/
印刷所　共同印刷株式会社
Printed in Japan

ISBN　978-4-8137-1408-8　C0193

ケータイ小説文庫　2023年4月発売

NOW PRINTING

『クールな彼とルームシェア♡（仮）』 ＊あいら＊・著

天然で男子が苦手なつぼみは、母親の再婚相手の家で暮らすことに。なんと再婚相手の息子は学園きっての王子・隼だった‼ クールだけど優しくて過保護な隼。つぼみは隼と距離を縮めていくけど、人気者のコウタ先輩からも迫られて…？
ひとつ屋根の下で、胸キュン必須の甘々ラブ♡

ISBN978-4-8137-1420-0
予価：660円（本体600円＋税10%）

ピンクレーベル

NOW PRINTING

『揺れる理性に逆らえない（仮）』 柊乃なや・著

杏実が通う学校には、周囲から信頼の厚い“Sol”と、極悪と噂される“Luna”という敵対する2つの暴走族が存在する。高2のクラス替えでふたりの総長と同じクラスになった杏実は、とあるきっかけで両チームの最強男子たちに気に入られて…⁉ 完全無欠な総長たちからの溺愛にドキドキ♡

ISBN978-4-8137-1421-7
予価：660円（本体600円＋税10%）

ピンクレーベル